KB005919

신들린 게임과
개발자들

장
편
소
설

김쿠만

배문수인

신들린 게임과 개발자들

06

NEON
×
SIGN

Tutorial

제대로 된 소설이라면 튜토리얼이라는 너저분한 설명이 필요 없겠지만, 이 소설은 굳이 따지자면 나의 취업 체험담에 가까워서 부득이 서두에 이런 챕터를 만들었으니 독자 여러분의 너른 양해를 미리 구하도록 하겠다.

소설의 배경은 2033년이다. 이 작품에 등장하는 모든 인물, 사건은 허구다. 실존하는 인물이나 장소, 건물 혹은 제품과는 일절 관련이 없다만 혹여 작품에서 어떠한 기시감을 느끼게 된다면 미리 유감을 표한다.

이 작품에 튀어나오는 이런저런 게임 용어가 낯

설다면 잠시 감상을 멈추고 아래쪽에 각주가 있는지 살펴보거나, 각주가 없다면 과감히 나무위키에 접속하여 해당 단어를 검색해보는 걸 추천한다. 갑자기 웬 나무위키냐고? 굳이 답하자면, 나무위키는 일종의 게임 공략집이다. 먼 옛날 일본이 게임 시장을 지배하던 시절의 게이머는 두 부류로 나뉘었다. 공략집을 보는 게이머와 그냥 단순 무식하게 돌진하는 게이머. 개인적으로 그저 작품을 향해 용감무쌍하게 달려드는 독자를 더 선호하긴 하지만, 꼭 그럴 필요는 없다. 후지바야시 히데마로가 말했듯이 오픈 월드 게임에는 정답이 없으니까. 아래의 공백은 나무위키에 접속하여 '후지바야시 히데마로'와 '오픈 월드 게임'이라는 단어를 검색한 사람들을 위해 남겨뒀다.

나무위키를 활용하지 않아도 될 정도로 쓸데없는 지식이 풍부한 사람 혹은 나무위키가 뭔지 모르는 사람, 그것도 아니면 나무위키를 켜는 것이 귀찮은 사람이라면 공백을 무시하고 다음 챕터로 단숨에 넘어가도 되긴 하지만 별로 추천하고 싶지 않다. 잠시 물을 한 잔 마시거나 산책을 하거나 반려동물이나 인형이 있다면 잠

깐 머리를 쓰다듬고 다음 챕터로 넘어가는 것을 추천하
겠다. 왜냐하면 이 소설은 게임 〈언더테일〉에 등장하는
샌즈만큼 진짜 피곤하고 겁나 짜증 나니까. 와! 샌즈!

Project G

중견 게임 회사에 입사 지원서를 넣고 2주 만에 인사 팀으로부터 함께 일하지 않겠냐는 제안을 받았다. 그곳의 잡플래닛 리뷰 점수가 2.5점을 넘지 않는 데다 결과를 기다리는 곳이 아직 다섯 곳 넘게 남았지만 나는 제안에 응했다. 나에게 연락이 올 회사가 더 없을 것이라는 짐작도 있었고, 언제까지나 소설 쓴답시고 부모님 재산을 축내고 싶지 않았기 때문이었다. 까다롭기로 소문난 임원 면접은 없었다. 그땐 그게 다행이라고 생각했다. 막상 지나고 보니 전혀 다행스러운 일이 아니었지만. 차라리 소설을 쓰면서 배를 굶는 게 더 다행스럽지 않았을까 하는 생각이 들 정도였는데, 막상 나중에 정리해고를 당하게 되니 소설도 못 쓰고 배도 굶는 건 그보다 더 끔찍한 일이라는 걸 새삼 깨닫고 말았다. 하지만 그건 나중의 일이었고, 취업은 내게 눈앞에 닥친 일이었다.

🎮

우리가 만들 게임은 VR 게임이었다. 게임을 실행하기 위해 거추장스럽게 툭 튀어나온 VR 기기를 뒤집어쓰고 양손에는 도대체 무슨 원리로 작동되는지 이해가 가지 않는 장갑을 끼고 있어야 한다는 얘기였다. 게임 패드나 키보드, 마우스로 모든 걸 해결했던 옛날 게임과 비교하면 거추장스럽고 멍청하게 보이기 짝이 없는 불편한 플레이 방식이었다. 내 생각을 읽기라도 했는지 본부장은 원래 혁신은 불편한 법이라면서 회사 재정 상태는 이와 달리 전혀 불편하지 않으니 걱정하지 말라고 호언했다. 본부장은 부담스러울 정도로 앞이 툭 튀어나온 VR 기기를 쓴 채 말했다.

"우리 게임은 일본의 전설적인 호러 게임 디렉터

미카미 신지가 제작했던 〈바이오하자드〉 시리즈*의 정신적 후속작이지. 우리나라 게임 중에 여태껏 이런 게임은 없었어. 내 목표는 말이야, 우리 프로젝트가 한국의 호러 게임을 대표하는 IP가 되는 거야."

주체적인 동시에 전혀 주체적이지 못한 소리를 지껄이던 그가 팔을 휘두르자, 화면 속에 칼을 들고 있던 캐릭터가 자기 앞에 있는 좀비인지 귀신인지 모를 것의 목을 썰었다. 피는 호쾌하게 사방으로 튀었고, 목이 달아난 시체는 장작처럼 맥없이 푹 주저앉았다.

"그나저나 미카미 신지라고 들어봤나?"

"처음 듣습니다."

"그럴 만도 하지. 워낙 옛날 디렉터니까. 그 양반 요새는 뭐 하려나. 어쨌든 이 업계 있으려면 존경할 만한 디렉터 한 명쯤 있어야 해."

"있긴 합니다. 루카스 포프라고."

"그건 또 누구지?"

나는 루카스 포프가 누군지 5분 44초 동안 설명했지만, 본부장은 별로 깊은 인상을 못 받은 모양인지

* 1996년부터 캡콤에서 발매된 호러 게임 시리즈.

한껏 지루한 표정을 지은 채 내게 다른 질문을 하나 던졌다.

"바이오하자드, 해봤나?"

고작 팔을 한 번 휘둘렀을 뿐인데, 본부장은 무거운 진검을 열 번 정도 휘두른 사람처럼 숨을 몰아쉬며 내게 물었다.

"몇 번 해봤습니다."

"어떤 시리즈?"

"〈바이오하자드 4〉를 해봤습니다."

"그래, 〈바이오하자드 RE:RE:4〉는 리메이크의 리마스터판 중 최고의 명작이지."

"아니요, 구작을 해봤습니다."

"그렇다면 〈바이오하자드 RE:4〉?"

"아니요, 그보다 더 구작."

"〈바이오하자드 4〉?"

"네."

20년도 넘은 게임을 했다는 이야기가 뭐가 웃긴 건지 모르겠지만, 본부장은 살짝 웃더니 내게 되물었다.

"혹시 레트로 게임이 취향인가?"

"아니요, 딱히."

"그렇다면 신작을 꼭 해보게. 아니, 우리 팀에서 게임을 만들려면 무조건 해야 해. 업무 시간에 해도 되니까 반드시 해보게."

본부장은 VR 기기를 내려놓으며 앞으로 〈바이오하자드 RE:RE:4〉 외에 내가 해야 할 일에 대해 간략히 알려줬다. 내 업무를 요약하자면 다음과 같았다. 게임 내 등장하는 모든 요소의 설정, 특히 몬스터를 '맛깔나게' 만드는 것. 간단한 업무였지만 무척이나 피곤하고 어려운 업무이기도 했다.

"우린 내년 2분기 출시를 목표로 달려가고 있다네. 게임은 절반 정도 완성된 상태고."

1년도 채 남지 않은 기간이었지만, 절반 정도 완성됐다는 말에 담긴 속뜻은 다음 두 가지 중 하나였다. 앞으로 1년 동안 남은 절반을 채우기 위해서 엄청나게 굴릴 테니 각오하는 게 좋다는 으름장이거나, 사실 우리는 여태까지 아무것도 못 만들었으니 앞으로도 고생깨나 할 거라는 경고. 어느 쪽이든 좋은 뜻은 아니었다. 물론 나의 망상일 수도 있겠지만 지금껏 계약직이나 인턴, 아르바이트 따위로 거쳐 갔던 세 곳의 게임 회사를 생각한다면 단순한 망상일 수가 없었다.

"마지막으로 묻고 싶은 거 있는가?"

"〈Project G〉의 G가 무슨 뜻인지 여쭤도 될까요?"

"되고 말고. 그 G는 굿에서 따왔네, 굿."

"Good이요?"

"아니, 영어 말고. 무당이 하는 굿."

나는 고개를 끄덕이며 "그 굿이었군요"라고 중얼거렸다. 본부장은 혹시 내게 무속신앙에 대해 거부감이 있냐 물었고, 나는 교회를 열심히 다니는 부모님이 계시긴 하지만 본인은 눈에 안 보이는 뭔가를 진지하게 믿어본 적이 없다고 답했다. 본부장은 내 어깨를 두드리며 이렇게 말했다.

"나도 믿진 않지만, 살면서 귀신 한 번쯤 봐야 성공할 수 있어."

어이없었지만 한편으로 조금은 섬뜩한 말이었는데, 그보다 더 섬뜩한 것은 내가 고개를 끄덕이는 수밖에 없었다는 것이었다. 그렇게 신입 사원 간담회가 마무리되자 인사 팀의 인공지능 직원이 앞으로 내가 일하게 될 자리를 사내 메신저로 안내해줬다. 75센티미터 사무용 책상 위로는 높이 50센티미터가 채 되지 않는 파티

션과 왜 있는지 모르겠는 이케아 나뭇잎 캐노피 그리고 적당한 사양의 컴퓨터가 한 대 놓여 있었다. 그 앞에는 1년 동안 나의 척추뼈와 함께 굴러다닐 사무용 의자도 하나 있었다. 보기만 해도 어깨와 허리가 결릴 것 같은 의자였고, 실제로 출근 첫날부터 야근하는 바람에 나는 어깨를 만지며 "오, 내 어깨야"라고 중얼거릴 수밖에 없었다.

바야흐로 몸과 마음이 갈려 나간다는 크런치 모드* 기간이었다. 고생했다며 먼저 퇴근 준비를 하는 본부장에게 진작 물었어야 할 질문을 하였다.

"야근수당 있나요?"

"우리 포괄**이야."

아무래도 오기 전에 슬쩍 봤던 잡플래닛 기업 리뷰가 옳았던 모양이다.

---

*　신작 출시를 앞두고 마스터 버전 출시 기한을 맞추기 위해 야근 및 주말 근무를 포함한 강도 높은 마무리 근무 체제에 들어가는 것.

**　포괄 임금제. 사전에 연장·야간·휴일 근로 시간 등을 미리 정한 후 매월 일정액의 제수당을 기본임금에 포함해 지급하는 임금제. 사전에 협의된 추가 근무 시간을 뛰어넘는 수당을 주지 않는 경우가 대부분이다.

[기업 평점] ★1.0

1점도 아깝고 게임을 개발하는 건지 영화를 찍는 건지 소설을 쓰는 건지 도저히 모르겠는 회사!!

[장점]

누구나 지원을 하면 받아주는 회사, 경력 없어도 대환영.

[단점]

워라밸 따위 없는 포괄 임금제. 모든 건 다 본부장 마음대로. 본부장 마음에 안 들면 다 나가리. 어제는 잘했다고 칭찬했으면서 오늘은 왜 갑자기 그렇게 하냐고 화를 냅니다. 아침에 출근하면 본부장 기분 체크는 기본. 본부장 방에 자주 들락날락하는 건 팀장이 아니라 무당. 귀신 게임 만들어서 그런지 모르겠지만 정말 개발실에 귀신이 있는 기분.

[경영진에 바라는 점]

당신이 만든 게임은 절대 성공 못 할 겁니다.

이 기업을 추천하지 않습니다.

익명의 아무개가 추천하지 않는 기업에서 진행된 나의 첫 업무는 스팀*에서 〈바이오하자드 RE:RE:4〉를 구매하는 것이었다. 리뷰에 의하면 플레이어를 소스라칠 정도로 놀랍게 만드는 공포 게임이라고 하는데, 내가 〈바이오하자드 RE:RE:4〉를 하면서 소스라치게 놀란 적은 두 번뿐이었다. 그중 첫 번째는 결제할 때였다. 아직 월급도 들어오지 않은 내게 구만 팔천칠백 원이라는 가격은 호러 그 자체였다.

마을에서 전기톱을 든 사내와 마주했을 때, 나는 온 신경을 게임에 쏟고 있었다. 현실에서나 게임에서나 전기톱을 든 사내와 마주하는 건 무척이나 스트레스받는 일이었으니까. 덕분에 누군가 내 등을 가볍게 두들겼을 때 나는 전기톱에 썰리는 사람처럼 소스라치게 놀랄 수밖에 없었다. 뒤를 돌아보니 나와 달리 전혀 깜짝 놀라지 않은 표정을 짓고 있던 사람이 보였는데 뻔뻔하게

---

* 밸브 코퍼레이션이 개발하고 운영 중인 세계 최대 규모의 전자 소프트웨어 유통망.

도 그 사람은 "깜짝이야"라는 말을 내뱉었다.

"대호 씨 맞으시죠? 어제부터 출근하신."

"네, 맞는데요."

"담배 태우시나요?"

"아니요."

나는 간신히 대답했다. 날 건드린 사람은 짧은 휴가를 다녀온 시나리오 팀장이었고, 더 정확히 말하면 내 직속 상사였다. 팀장은 나의 화면을 슬쩍 보며 말했다.

"바이오하자드 하시네. 본부장님이 하라고 하셨죠?"

"네."

"나중에 점심 시간 때 하세요. 지금은 업무 시간이니까. 이거 먼저 보고 계세요."

팀장은 사내 인트라넷에 들어가 'PROJECT G'라는 게시판을 클릭했다. 그곳은 〈Project G〉의 세계관, 등장인물, 무기, 몬스터 등 온갖 설정 문서가 가득한 일종의 위키 게시판이었다.

"앞으로 3일 동안 여기 있는 정보들을 전부 숙달하세요."

"3일이요?"

브리태니커 백과사전에 비할 만큼은 아니었지만, 〈Project G〉의 설정은 양이 무지막지하게 많았다. 이런 방대한 설정들이 전부 게임에 반영될지 의구심이 들 정도였다.

"읽다 보면 재밌을 거예요."

팀장은 내 건너편 자리에 앉으며 말했다.

"제가 쓴 거거든요."

웃으라고 한 건지 진지하게 말한 건지 알 수 없었는데, 무덤덤한 표정을 보니 후자였던 것 같다.

3일 후에 내가 이 프로젝트에 대해 숙지하게 된 사실은 세 가지뿐이었다.

1. 〈Project G〉 시나리오 팀의 TO는 두 명뿐이다. 팀장 그리고 팀원.
2. 팀장은 한때 한국의 스티븐 킹이라고 불렸다.
3. 팀장이 나를 뽑자고 주장한 이유는 내가 등단 경력이 있었기 때문이다.

굳이 따지자면 시나리오 팀장은 게임업계에서나

문학계에서나 나의 선배였지만 다행인지 불행인지 그런 티를 내진 않았다. 내게 별다른 질문은 하지 않은 걸 보니 오히려 그는 관심이 없는 쪽에 가까웠다. 그에 반해 나는 팀장에게 질문을 자주 던졌다.

"혹시 요즘도 소설 쓰시나요?"

팀장은 자신의 설정 문서를 보여주며 열심히 소설을 쓰고 있다고 답했다.

"이건 소설이 아니잖아요."

"소설이죠. 전혀 쓸모없고, 어떻게 되도 상관없는 글이 소설이잖아요?"

"그 말은 이 설정들이 게임 속에 들어가지 않아도 전혀 상관없다는 얘기인 것 같은데요."

"상관없죠. 이건 소설일 뿐이니까."

뭔가 잔뜩 어그러진 답을 듣고 있자니 속에서 헉 소리가 절로 나왔다.

"혹시 회사 바깥에서도 쓰시나요?"

이번엔 팀장이 고개를 절레절레 흔들었다.

"대호 씨는 꿈이 참 많은 분이네요. 꼭 10년 전 저를 보는 거 같아요."

그 말은 전혀 칭찬처럼 들리지 않았고, 오히려 일

종의 예언처럼 들렸는데 내가 과연 이런 업계에서 10년 씩이나 일할 수 있을지는 잘 몰라서 나는 어떤 질문도 더 할 수가 없었다.

🎮

3일이 지난 후에야 나는 〈Project G〉의 세계관을 파악할 수 있었다. 〈Project G〉의 어이없는 세계관을 요약하면 다음과 같았다. 주인공은 직업이 무당이고, 무당답게 도시 하나 정도 되는 크기의 오픈 월드를 돌아다녔다. 그곳에서 주민들을 괴롭히는 귀신들을 권총이나 칼로 때려잡는데, 말이 귀신이지 사실상 좀비 혹은 그에 준하는 무언가와 비슷하게 생겨먹은 괴물들이었다. 팀장은 내게 게임 속 등장하는 귀신의 콘셉트 사진을 한 장 보여주며 물었다.

"이 귀신의 이름은 뭘 거 같나요?"

사진 속에는 과하게 튀긴 나머지 황천에 뒤틀린 조기구이처럼 생겨먹은 귀신이 보였다.

"물귀신?"

"전혀 아니에요. 이건 똬리를 튼 이무기입니다,

이무기."

콘셉트 디자인을 한 사람이 누군지 몰라도 대단히 추상적이고 고차원적인 화풍을 가진 사람인 모양이었다. 이윽고 팀장은 내게 다른 콘셉트의 귀신 사진을 세 장 연달아 보여줬는데, 이무기 때와 마찬가지로 나는 그것들의 정체와 한 끗이라도 연관성 있는 답을 내뱉지 못했다. 팀장은 아직 게임 원화가 익숙하지 않아서 그런 것이라고 말해줬는데, 그게 무슨 상관인가 싶었다.

"대호 씨가 제일 먼저 할 일은 이런 원화들의 밑바탕이 될 설정을 짜는 일이에요."

"어려울 것 같은데요."

"쉬운 일이에요. 대호 씨, 소설가잖아요."

팀장은 그 말을 한 후 "출판 경력은 없지만"이라고 들릴 듯 말 듯 중얼거렸는데 나는 애써 모른 척했다.

내가 제일 먼저 설정을 짠 귀신은 개발자 귀신이었다. 120시간 동안 의자에 처박혀서 코딩만 짜는 바람에 그만 하반신이 싸구려 의자와 일체화돼서 한을 품게 된 귀신이었다. 팀장은 내가 짠 설정을 바라보며 고개를 갸우뚱했다.

"저희 게임 속 배경은 보시다시피 농촌이에요."

"알고 있습니다."

"그런데 개발자 귀신이라니."

"파이어족입니다. 10년 바싹 일하다 은퇴하고 귀농했죠."

"퇴직자? 그러면 더더욱 한을 품을 이유가 없잖아요."

"그렇다면 설정을 바꾸죠. 원래 테크노밸리에서 근무하는 친구였는데 역병이 돌아서 고향으로 내려와 잠깐 재택근무를 하고 있었다는 설정입니다."

팀장은 고개를 갸우뚱하며 일단 보류라며 중얼거렸다. 보류 딱지를 받은 개발자 귀신은 안타깝게도 세상의 빛을 보지 못했는데, 어찌 보면 그에게 잘된 일일지도 몰랐다. 망한 게임의 캐릭터로 사는 건 게임 회사에서 일하는 것만큼 힘든 일일 테니까.

🎮

시나리오 팀은 기획실에 속해 있었지만 아트실에 속해 있기도 했다. 주민등록증과 고등학교 졸업장을 받은 이후로 지금까지 그림을 그려본 적이 단 한 번도 없던 내게 팀장은 보급형 태블릿 PC를 한 대 쥐여주며 말했다.

"적당히 참고할 형체만 그리면 돼요."

"형체도 정도란 게 있잖아요."

"졸라맨도 괜찮아요."

그렇게 나는 훗날 귀신이 될 졸라맨을 세 개 정도 그렸다. 하나는 유기견의 영혼이 빙의된 귀신, 다른 하나는 화장실 귀신, 마지막 하나는 장군 귀신. 장군 귀신은 다른 귀신들과 다르게 아이템을 하나 들고 있었는데 바로 자신보다 두 배 정도 더 기다란 장검이었다. 팀장은 졸라맨이 들고 있는 장검에 집중하면서 내게 물었다.

"사무라이 귀신인가요?"

"한국 귀신인데요."

"생긴 건 사무라이인데."

"죽은 후에 일본이 좋아져서 친일파가 됐을 수도 있겠네요."

팀장은 고개를 절레절레 저으며 귀신의 세계엔 좋아질 수 있는 게 전혀 없다고 단호하게 말했다. 죽어본 적도 없는 사람이 그리 진지하게 말하는 걸 보니 조금 어색했다.

"일본 사람한테 죽은 귀신이라고 하는 게 좋겠어요."

일본 사람한테 죽은 귀신이 사무라이처럼 하고 다닐 수 있을까 싶었다.

졸라맨은 정말로 사무라이 상투를 튼 귀신이 되고 말았다. 내가 제대로 설정을 못 짠 탓에 졸지에 국적이 바뀌어버린 것 같아 어쩐지 조금은 미안해졌다. 본부장은 월간 회의 때 내가 그린 졸라맨과 아트 팀에서 그린 사무라이 귀신을 동시에 띄우며 콘셉트 설정을 아주 탁월하게 잡았다며 설득력 있는 설정만 있다면 이런 허접한 출발점에서 그럴싸한 결과물이 도출될 수 있다고 전 팀원한테 설파했다. 어쩐지 벌거벗고 공개 처형을 당하는 것 같은 기분이 들었다. 그로부터 몇 주 뒤 게임 내에서 실제로 그 사무라이 귀신과 마주했을 때 들었던 기분보다는 훨씬 낫긴 했지만.

"痛みを感じろ. 痛みを考えろ.*"

---

*   고통을 느껴라. 고통을 생각해라.

사무라이 귀신은 다짜고짜 일본어를 나불대며 내 목을 향해 칼을 휘둘렀다. 순식간에 빨갛게 물든 내 시선은 위아래로 어지럽게 빙글빙글 돌며 땅바닥으로 추락하고 말았다. 종잡을 수 없을 정도로 쏟아지는 멀미 기운 때문에, 나는 그만 무릎을 꿇고 말았다.

팀장이 내 머리 위로 덮여 있던 VR 기기를 서둘러 떼어내며 물었다.

"괜찮으세요?"

"와."

나는 간신히 숨을 내뱉으며 말했다.

"이거 진짜 무섭네요."

하지만 정작 진짜 무서운 건 따로 있었다.

팀장은 사무라이 귀신을 직접 본 소감이 어떠냐고 물었다.

"생각보다 잘 뽑힌 거 같은데요."

"정말 그렇게 생각하시나요?"

팀장은 의미심장한 말을 내뱉더니, 저 귀신은 아

직 꼭두각시 인형에 불과하다고 말했다.

"저건 프로그래밍 받은 대로 움직이는 기계일 뿐이에요. 이제 귀신한테 생동감을 불어넣을 차례입니다."

귀신이란 단어와 생동감이란 단어는 서로 모순되는 말이 아닐까 싶었지만, 게임이니까 그러려니 하고 넘어갔다. 그런 점에서 보자면 게임은 여러모로 편리했다. 그러려니 하고 넘어가는 순간이 한두 번이 아니었으니까.

"작업해야 할 게 더 남았나요?"

"당연하죠."

팀장은 요즘 게임 회사가 게임에 등장하는 캐릭터의 생동감을 어떤 혁신적인 기술로 살려내는지 구구절절 설명해주기 시작했다. 그 혁혁하고 놀라운 기술들을 간략하게 5단계로 요약하자면 다음과 같았다.

1. 챗지피티에다가 간략한 캐릭터 설정을 알려준 다음, 이 캐릭터의 배경 이야기를 A4 열 장 분량으로 써달라고 부탁한다.
2. 배경 이야기가 어느 정도 갖춰졌다면 아트실에서 캐릭터를 그린 후, 안드로이드를 인쇄할 수 있는 고가

의 3D 프린터에 넣어 출력한다.

3. 3D 프린터가 인쇄한 캐릭터의 메모리칩에다 챗지피티가 짜낸 설정을 업로드한다.

4. 설정이 업로드된 캐릭터와 진득하게 대화하며 비어 있는 나머지 설정을 채워 넣는다.

5. 완성!

4단계가 이해가 가질 않았던 나는 손을 들며 팀장에게 질문했다.

"사무라이 귀신이랑 진득하게 대화하라고요? 어떻게요?"

"뭐, 말로 대화를 하든지 칼로 대화를 하든지. 아무튼 교감 같은 걸 하라는 말입니다."

팀장은 방금 아트실에서 우리가 제작한 사무라이 귀신의 인쇄가 시작됐다는 사실을 알려주며, 앞으로 일주일 동안 잘 지내보라고 말했다. 그때까지만 하더라도 난 팀장이 농담을 하는 줄로만 알았다. 진짜 사무라이 귀신이 우리 파티션 앞에 나타나기 전까지는.

"はじめまして.*"

"저게 뭔가요?"

"대호 님이 디자인한 귀신이죠. 직장 동료라고 생각하시면 편할 거예요."

"どうぞよろしく.**"

팀장의 말을 증명이라도 하듯 사무라이 귀신은 귀신답지 않게 천연덕스럽게 굴었지만, 전혀 직장 동료처럼 보이진 않았다.

부모님은 야근을 끝마치고 뒤늦게 집으로 돌아온 자식을 반가워하진 않았고, 오히려 엄청 무서워했다. 엄마는 내 등 뒤에 달라붙은 것을 가리키며 물었다.

"그건 뭐니?"

"내가 디자인한 귀신이야."

내 대답을 듣고 아빠가 다른 질문을 던졌다.

"너 게임 회사 다니지 않니?"

"맞아, 애도 게임 속에 나올 애야."

---

*　안녕하세요.

**　잘 부탁드립니다.

사무라이 귀신은 공손하게 고개를 숙이며 우리 부모님한테 인사했다.

"はじめまして.*"

"저거 위험하진 않지?"

"얘기해보니까 착한 친구더라고."

확실히 사무라이는 착했다. 적어도 나보단. 설정만 따지면 본인이 더 웃어른이긴 했지만 어른에겐 늘 머리를 숙였고, 정말로 잤는지는 모르겠지만 이부자리를 엉망진창으로 어지르는 나와 달리 자기가 누웠던 자리를 깔끔하게 치우는 것만 봐도 그랬다. 사무라이는 나와 같이 일주일 동안 먹고 자고 출근하고 퇴근했는데, 그렇게 많은 얘기를 나누진 못했다. 그런 관점에서 보자면 사무라이 귀신은 직장 동료가 맞긴 했다. 적어도 별 대화를 나누지 못하겠는 팀장보다는.

🎮

사무라이 귀신과 직장 동료로 지낸 시간은 불과

---

* 안녕하세요.

일주일도 되지 않았다. 녀석과 별 이야기를 나눴다는 생각이 들지 않았지만, 그 짧은 시간 동안 사무라이는 나한테 동화라도 된 것인지 내가 썼던 설정과 영 딴판인 존재가 되고 말았다. 내가 쓴 설정에 의하면 녀석은 사무라이답게 끝맺음이 깔끔한 성격이지만 실제로는 전혀 깔끔하지 못했다. 오히려 구질구질한 편에 가까웠다. 마지막 날, 녀석은 짧은 현실 생활을 끝으로 게임 속에 커밋*되기 전 눈물 콧물 흘리며 이렇게 말했다.

"대호 상, 그동안 고마웠습니다."

"사무라이는 울지 않는 법이라고요."

내 말을 듣고 녀석은 고개를 끄덕이더니, 주머니에서 편지 한 장을 꺼낸 다음 그걸로 눈물과 콧물을 잔뜩 닦았다.

"이건 제 편지입니다. 부디 이걸 읽으시고, 나중에도 저를 잊지 마시길."

"그래요, 알았어요."

녀석을 게임 속에 성공적으로 커밋한 후, 편지를 들춰봤는데 첫 문장부터 잉크가 잔뜩 번져서 제대로 읽

---

*   데이터를 공유 작업 서버에다 업로드하는 일.

을 수가 없었다. 내용을 대강 한 문장으로 축약한다면 "감사합니다"였다. 아무래도 내가 설정 작업을 잘못해서 성격이 너무 유순해졌던 모양이다. 팀장에게 보고하니 팀장은 처음이니까 그럴 수 있다면서 다음부터 잘하라는 하나 마나 한 말을 내게 전해줬다. 어쨌든 전혀 사무라이 귀신답지 않은 내용의 그 편지는 청소부 여사님이 잘 수거하셨을 것이다.

　　오후 11시가 되면 회사의 모든 PC는 꺼진다. 물론 PC가 꺼져도 업무는 진행할 수 있다. 플레이스테이션이나 엑스박스 같은 콘솔기기와 연결된 TV들은 안 꺼지니까. 11시 이후 업무는 한 가지뿐이었다. 테스트 및 폴리싱. 쉽게 말하면 우리가 디자인한 귀신들의 품평회였다.

　　본부장은 내가 만든 사무라이 귀신과 기타 등등의 공격을 회피하며 가볍게 중얼거렸다.

　　"이 귀신은 움직임 패턴이 너무 단조로운데요. 엔진에서 볼 땐 무서워 보였는데 실제로 보니 별로 안 무섭네."

　　침착하게 자기 의견을 낼 수 있는 다른 기획자들과 달리 눈앞에 들이닥친 귀신을 바라볼 때 내가 할 수 있는 거라곤 비명을 지르는 것뿐이었다. 그나마 내가 만들어낸 귀신은 익숙해서 비명을 안 질렀지만, 팀장이 만들었던 귀신들은 하나같이 익숙하지 않아 비명을 지를 수밖에 없었다. 내가 일흔여섯 번째 비명을 질렀을 때, 팀장은 내 어깨를 토닥이며 말했다.

　　"하다 보면 안 무서워져요."

　　"실제로 귀신을 봐도 안 무서워하시겠네요."

　　"진짜 귀신은 저도 무섭죠."

　　팀장은 무서워하는 사람답지 않게 시큰둥한 목소리로 대답했는데, 실제로 귀신으로 추정되는 존재와 맞닥뜨렸을 때도 시큰둥한 비명을 질렀다고 한다.

　　귀신이 발견된 장소는 화장실이었고 목격자는 세 명이었다. 캐릭터 모델링을 담당하는 팀원과 귀신의 소리를 제작하는 사운드 팀원 그리고 마지막으로 시나리오 팀장. 제일 처음 귀신을 목격한 사람은 모델링 팀원이었다.

"문 열리는 소리랑 의자 질질 끄는 소리가 들렸어요."

소리가 나는 쪽으로 시선을 돌렸을 때, 모델링 팀원은 의자에 탄 누군가가 조심스레 자신을 향해 오는 것을 봤다고 했다.

"일을 얼마나 열심히 했으면 의자에 앉은 채로 이런 화장실까지 왔나 싶었죠. 어느 부서의 누구인지 알아보려고 자세히 쳐다봤는데, 처음 보는 얼굴이었어요."

원래 사람들은 낯선 이가 가까이 다가오면 움츠러들기 마련이었고, 그건 모델링 팀원도 마찬가지였다. 의자에 앉은 낯선 사람이 다가오자 그는 자신도 모르게 어깨를 움츠리고 말았다.

"그래서 소변기가 아니라 바닥에다 오줌을 질질 흘리셨나요?"

"다들 귀신 보면 그러실 거예요."

"시나리오 팀장님도 그 귀신을 보셨다면서요?"

"네, 저는 대변기에 앉아 있었는데 소란스러운 소리가 들려서 문을 열고 바깥을 내다봤죠."

반쯤 열린 문으로 관찰한 바깥의 풍경은 가관이었다. 소변기 앞에서 벌침에 쏘인 사람처럼 안절부절못

하는 모델링 팀원이 보였고 반대편 세면대에는 그대로 얼어붙은 사운드 팀원이 보였으며 그 가운데로 의자를 열심히 굴리는 낯선 자가 보였다.

"의자에 탄 그 남자가 열렬히 제 쪽을 향해 다가오는 게 보여서 비명을 한 번 지른 다음 바로 문을 잠갔답니다."

증언에 의하면 팀장의 비명은 사람이 낸 소리가 아니라 너무 기계적인 소리였다고 했다. 사운드 팀원은 귀신보다 그 소리가 더 무서웠다고 말했다.

"그 소리를 듣고 나선 헤드폰 쓰고 작업을 못 하겠어요."

그 말을 듣고 본부장은 팀장에게 당분간 귀신도 피하고, 사람다운 비명을 지르는 법도 배워오라면서 녹음실로 외근을 보냈다. 팀장의 외근 때문인지 아닌지 모르겠지만, 게임 속 귀신들이 비명을 지르지 않기 시작한 건 그쯤부터였고 소리 없이 사무실을 돌아다니는 귀신이 더욱 기승을 부린 것도 그쯤부터였다. 그 일들이 단순한 사운드 오류고, 야근으로 인한 피로감에 본 환각이라는 사실이 밝혀지게 된 건 한참 후의 일이었다.

🎮

인쇄 기록, 파일 업로드 기록 따위를 뒤져봤지만 그 귀신을 만들어낸 사람이 누군지는 밝혀지지 않았다. 그렇다면 가능성은 세 가지였다.

1. 퇴사자가 작업했다가 미처 저장을 못 한 귀신이거나.
2. 외부에서 흘러 들어온 다른 회사 캐릭터이거나.
3. 그것도 아니면 진짜 귀신이거나.

진짜인지 헛것인지 모를 귀신이 나타났지만 개발은 중단되지 않았다. 본부장은 크런치 모드를 하다 보면 수십 명의 팀원 중 세 명 정도는 헛것을 보기 마련이라고, 자신도 예전에 귀신을 몇 번 봤다고 했다. 누군가에게 심히 두들겨 맞은 것 같은 기분으로 아침에 일어나다 보면 나도 오늘 귀신을 보는 게 아닐까 하는 생각이 들 지경이었다. 귀신을 본 세 사람은 2주일 동안 재택근무나 외근을 하게 됐는데, 그중 두 사람은 사직서를 제출했다. 홀로 녹음실로 외근을 떠났던 팀장은 사내 메신저로 내게 으름장을 놓았다.

제가 옆자리에 없다고 해서 업무 태만하게 하지 마세요.

그럴 새도 없었다. 아직 내가 설정을 짜야 할 귀신이 수백 마리나 남아 있었기 때문이다. 어제는 처녀귀신과 점심에 돈가스를 먹었고 오늘은 총각 귀신과 점심에 제육볶음을 먹었으며 내일은 홍콩 할매와 청국장을 먹을 예정이었다. 내가 밥을 절반 넘게 남겨서 살이 저절로 빠진 건 어찌 보면 당연한 일이었다.

출처 불명 귀신이 다시 발견된 장소는 누군가의 사무용 책상 아래였다. 마침 조명이 다 꺼진 11시였던 덕분에 귀신은 꽤 극적으로 등장할 수 있었다. 자리에 앉아 VR 기기를 쓴 채 〈Project G〉를 플레이하고 있던 본부장은 뭔가가 자신의 발목을 붙잡는 것 같아서 아래를 내려다봤는데, 과연 그 아래에는 '바닥을 기어 다니는 귀신'이 있었다. 바닥을 기어 다니는 귀신은 시야가 제한된 VR 게임에서 꽤 성가신 존재였다. 자신이 만든 게임의 캐릭터지만 본부장은 짜증을 내면서 일본도로 바닥을 기어 다니는 귀신의 목을 내리쳤다.

하지만 여전히 본부장은 뭔가가 자신의 바짓가

랑이를 잡고 있는 것 같다고 생각했다. 처음에는 발목에 느껴지는 귀신의 손아귀 힘도 게임의 일부라고 생각했고, 때문에 귀신이 죽었지만 버그 때문에 그런 느낌이 남아 있다고 생각하며 내일 프로그램 팀장에게 잔소리를 해야겠다고 생각했다. 그런 기능이 아직 구현되지 않았다는 걸 새까맣게 잊은 채.

확실히 VR 기기를 쓰고 있으면 현실에 대해서 새까맣게 잊는 것들이 너무나도 많았다. 가령 잠그지 않은 가스 밸브라든지. 어쨌든 게임을 계속 플레이하는 와중에 여전히 발의 이물감을 계속 느끼고 있던 본부장은 마침내 VR 기기를 벗고 주머니에서 라이터를 꺼내 책상 아래를 비춰봤다. 마침내 책상 아래에 있는 것을 봤을 때, 본부장은 처음엔 VR 게임 부작용인 줄 알았다고 한다. VR 기기를 벗었음에도 게임 속의 무언가가 현실에서도 보이는 일은 가끔 일어나는 일이었으니까. 그러나 몇 초 지나지 않아 본부장은 자신의 바지 밑단을 잡은 그것이 헛것이 아니란 걸 알아챘다. 뭐랄까, 본부장의 바지 밑단을 잡고 있는 그 존재는 불과 몇 분 전에 자신이 게임 속에서 썰었던 귀신과 모양새가 전혀 달랐으니까. 넝마인지 헝겊인지 모를 허름한 옷차림의 사내는 며칠 굶은 좀비처럼 피골이 상접하고 잠도 설쳤는지 눈도 빨갛게 충혈되어 있었다. 그 붉은 눈을 마주했을 때 본부장이 제일 먼저 했던 생각은 '이건 게임이 아니다'였고 그 생각이 끝나자마자 외마디 비명을 지르며 의자와 함께 바닥으로 쓰러졌다.

그리고 다음 날, 회사에 무당이 나타났다.

🎮

전혀 뜬금없는 단어들의 조합은 세상에 부지기수로 많겠지만, '게임 회사'와 '무당'은 그런 조합 가운데에서도 제일 뜬금없는 부류에 속할 것이다. 자판을 두들기는 일과 작두를 타는 일은 수 세기 정도 멀찍이 떨어져 있으니까. 하지만 간혹 첨단을 달리는 사람들 중 전혀 과학적으로 설명되지 않는 현상들 따위에 꽂혀 있는 사람이 드물게 있기 마련이었다. 우리 회사에서 그런 사람은 본부장이었다. 어찌 보면 본부장이 무당을 부르는 건 당연한 일이었다. 신입 사원 간담회 때도 이런 말을 했었으니까.

"예술 작품이 나오는 순간이 언제냐, 바로 신이 들린 순간이지. 그건 게임도 마찬가지야. 게임도 결국 예술이니까. 그것도 종합 예술."

그러면서 10분 동안 예술과 신들린 것의 상관관계에 대해 말했다. 그러다 어느 순간 물론 자신은 그런 걸 진지하게 믿지 않는다며 갑자기 선을 그었는데, 대체 뭐 하자는 건지 알 수 없었다.

"세상에 진짜 귀신이 어디 있어?"

그렇게 말한 사람치고, 팀장의 말에 의하면 본부장은 무당집을 단골 식당 드나들듯 자주 찾았다고 했다. 본부장 자신이 말했듯이 게임 개발을 하다 보면 가끔 헛것을 보곤 했었으니까. 팀장은 처음 그 무당을 본부장에게 알려준 사람이 본인이라고 했는데, 예전에 괴기 소설을 쓸 때 그 무당을 취재한 적 있다고 했다.

"게임도 취재가 필요해요. 소설처럼."

"전 소설 쓸 때 취재 안 하는데요."

"그래서 소설 못 쓰고 게임 회사 들어와서 일하는 거죠."

반박하고 싶었지만 맞는 말인 것 같아 딱히 할 말이 없었다. 어쨌든 팀장의 소개를 받고 무당을 만난 본부장은 그에게 매료됐고, 얼마 후 〈Project G〉의 시발점이 찍히게 됐다.

　　무당은 남자였다. 영화 〈곡성〉에서 '일광'이라는 캐릭터를 연기한 황정민처럼 짜증 나는 꽁지머리를 뒤통수에 내밀고 있는 무당은 상당한 골초였다. 시나리오 팀장과 레드애플 담배로 맞담배를 태우며 무당은 가래를 한 번 뱉은 후, 혀를 끌끌 차며 말했다.

　　"내가 이깟 게임 만들지 말라고 했지."

　　"이렇게 될 줄은 몰랐죠."

　　"왜 중생들은 하지 말라는 걸 하는지 모르겠어."

　　무당은 귀신에 창조의 혼이 들어가야 하는 것들, 이를테면 소설이나 영화, 음악, 심지어 게임 같은 걸 만들게 된다면 그 귀신들이 진짜 귀신이 되어 나타난다고 말했다. 예시로 누구나 알고 있는 쌍팔년도 시절 괴담을 들먹이던 무당은 담배를 하나 더 꼬나물더니 이번엔 나를 쳐다보며 말했다.

　　"이쪽 분은 담배도 안 태우는데 왜 따라왔지?"

　　"시나리오 팀 신입입니다."

　　"신입 분은 귀신 보셨나?"

"회사에서요? 아니요."

"회사 말고. 살면서."

"몇 번 본 것 같은데 그게 귀신인지 아닌지 모르겠어요."

무당은 성냥을 그으며 중얼대듯 말했다.

"이 아저씨 때문에 귀신이 나타난 거 같은데. 귀신이 되어서 귀신을 잔뜩 데리고 다닐 상이야."

"저 아저씨 아닌데요."

무당은 내 대답이 못마땅했는지 고개를 절레절레 저으며 담배 연기를 길게 내뿜었다.

"어떤 사람이 귀신이 되는지 알아?"

"죽은 사람이요?"

"남 탓하기 좋아하는 사람이 죽으면 귀신이 되는 법이야."

"저는 남 탓 안 하는데요."

무당은 고개를 절레절레 저으며 말했다.

"자기 탓도 남 탓이거든."

그 말과 함께 무당은 내 얼굴 이곳저곳을 살펴보며 정말 귀신이 잘 꼬이게 생겼고 귀신이 되기 쉬운 상이라고 덧붙였다. 그 말을 듣고 내가 할 수 있는 건 불쾌한 티를 낼지 말지 고민하는 것뿐이었다. 그런 내 표정을 읽었는지 무당은 혀를 끌끌 차며 이렇게 말했다.

"말을 속에만 꿍치고 있으면 귀신이 되는 법이야."

"뭐라고요?"

"너 귀신이 하는 말 알아들어?"

"들어본 적 없지만 못 알아들을 거 같은데요."

"왜냐하면 귀신들은 생전에 속에만 누르고 있던 말을 죽고 나서야 내뱉거든."

언젠가 그 이야기로 소설을 써볼까 하는 생각이 들 정도로 어쩐지 흥미가 당기는 말이었다. 안타깝게도 시간이 전혀 없던 내가 그런 소설을 쓸 수 있을 때가 언제일지는 나조차도 알 수 없었다. 그런 점에서 보자면, 무당의 말대로 나는 그야말로 귀신 유망주나 다름없는 존재였다. 할 말도 못 하고 글도 쓸 수가 없었으니까.

무당은 개발실 이곳저곳을 살펴보기 시작했다. 특히 본부장의 책상 밑을 열심히 살폈다. 그러더니 본부장을 보며 아무래도 부적이 두 장 정도 필요할 것 같다고 말했다.

"부적이요? 보기 흉할 거 같은데."

"귀신은 자유롭게 돌아다니는 것처럼 보이지만 사실 얽매여 있는 존재란 말이죠. 그런 부자유스러운 녀석들을 몰아내는 방법은 문을 굳게 걸어 잠그는 방법뿐. 이 부적들이 자물쇠 역할을 해줄 겁니다."

"다른 방법은 없나요?"

"개발실에서 굿을 거하게 벌리는 방법도 있긴 한데⋯⋯."

그 말을 들은 본부장은 무슨 대단한 농담이라도 들은 사람처럼 피식 웃더니 고개를 절레절레 저으며 차라리 부적이 나을 것 같다고 무당에게 말했다. 무당은 본부장을 바라보며 시큰둥하게 말했다.

"원래 귀신 하나당 부적 하나예요."

"그런데 왜 이백오십만 원짜리를 한 장 더 사야 한단 말인가요?"

"이건 아주 독한 귀신이니까요."

무당은 그 귀신은 미쳐도 단단히 미친 귀신인 게 분명하다고 덧붙였다.

"아니면 미친 사람일 수도 있겠고요. 다행히 이 부적은 제정신이 아닌 사람한테도 통한답니다."

"그럴 리가 없어요. 사원증 없으면 사무실에 못 들어오는데."

"사원 중에 미친 사람이 있는 걸지도 모르죠."

무당은 그런 의미심장한 말을 남기더니, 그래서 부적을 쓸 거냐고 다시 본부장에게 되물었다. 본부장은 순식간에 결정을 내렸다.

팀장의 말에 의하면 본부장은 좁은 회의실에 팀장급 인사들을 불러 모은 다음, 책상에다 무당이 두고 간 부적을 놓아두고 각자 의견을 제시해보라고 말했다고 한다. 제일 먼저 입을 열었던 사람은 PM* 팀장이었는데, 제의가 아니라 추궁이었다.

"그러니까 이걸 법인카드로 결제하셨다는 거죠?"

"회사에서 일어난 일을 해결하기 위한 것이니까."

---

*   Project Manager. 개발 일정을 관리하는 직무.

본부장의 답을 듣고 나서 아트 팀장이 손을 들고 말했다.

"그럼 목적을 업무상 재해 방지라고 적어두죠."

"그런 목적으론 소화기나 제세동기밖에 구입 못 해요."

그 외에도 사무실 미관 장식용, 팀원 단합용 등의 의견이 제시됐으나 부적이 너무 칙칙하게 생겼다, 개인의 종교 자유를 억압하는 갑질로 보일 수 있다 등의 이유로 결국 통과되진 못했다. 한 가지 다행인 점은 우리 게임에 귀신이 잔뜩 나온다는 것이었다. 본부장은 지나가는 말로 이렇게 중얼거렸다.

"생각해보니 귀신 나오는 게임에 부적 아이템이 없는 게 말이 안 되지 않나?"

그 말을 듣고 아트 팀장이 부적 아이템의 원화를 당장 그리겠다 말했고, 시나리오 팀장은 부적 아이템에 적용될 만한 시스템과 설정을 짜오겠다고 말했다. 나는 팀장이 넘긴 넙데데한 부적을 내려다보며 말했다.

"그래서 제가 지금 이 부적을 들여다보고 있는 거군요."

"시간은 넉넉하게 줄 테니까 잘해봐."

구매 물품 : 부적 두 장

구매 목적 : 게임 내 아이템 콘셉트 설정 참고용

구매 단가 : 5,000,000원

뭐라고 적혀 있는지 하나도 모르겠는 부적보다
그 세 줄짜리 지출결의서가 어쩐지 더 을씨년스러웠다.

🎮

제작비가 오백만 원이나 든 부적 아이템이 퍽 마
음에 들었는지, 사업 팀에서는 우리의 기획을 보고 아이
디어를 하나 제시했다.

"이걸 유료 아이템으로 팔아버리죠."

"캐시 아이템이요?"

"요즘 누가 멋없게 캐시 아이템이라고 합니까? 시
즌 패스*라고 하죠."

패키지 게임에 무슨 캐시 아이템이 필요하냐는

---

* 해당 게임의 일정 기간 동안 나오는 모든 추가 확장팩이나 신규 다운
로드 콘텐츠(DLC) 보유권을 구매하는 것.

본부장의 질문에 사업 팀은 우리가 만들었던 설정을 뒤엎고 마치 옛날 아케이드 오락실의 동전처럼 부적으로 주인공의 목숨을 연명하자는 아이디어를 새로 제시했다. 별로 탐탁지 않았지만 그 의견에 반대하면 우리가 일주일 동안 기획한 부적 아이템이 사라질 게 뻔했기에, 본부장은 어쩔 수 없이 동조하고 말았다. 회의가 끝나고 팀장이 나에게 말했다.

"이해하세요. 모바일 게임 사업만 하다 보니 콘솔 게임 사업을 어떻게 할지 몰라서 저딴 아이디어를 낸 것 같으니까."

"욕 엄청 먹을 거 같은데요."

"누구한테요?"

"유저들한테요."

"그 정도 욕은 공기예요, 공기."

팀장은 무덤덤하게 말하며 이곳에선 자기 잘못도 아니지만 욕먹는 일이 비일비재하다고 말했다. 그건 좀 불합리한 일이 아닐까 싶었는데 막상 겪어보니 실제로 불합리한 일이었다.

어느 오후, 게임 내 텍스트들이 전부 뭉개져 나오는 괴현상이 일어났다.

"어?"

게임 내 텍스트를 전반적으로 담당하는 팀은 시나리오 팀이었고, 당연히 우리 팀이 있는 파티션에 이 사람 저 사람 찾아와 이런 힐난 섞인 질문을 던졌다.

"무슨 텍스트를 쓰셨길래 게임이 이 지랄이 난 겁니까?"

"아무것도요."

실제로 우리는 아무것도 쓰지 않았지만 프로그래머는 뭔가를 썼으니까 지금 게임 안의 텍스트가 하나도 안 보이는 게 아니냐고 다시 따졌다. 프로그램 클라이언트 파트 쪽에서 뭘 잘못 건드려서 텍스트가 제대로 출력되지 않았다는 사실이 밝혀진 건 퇴근 무렵이었다. 버그는 금세 수정됐다. 사과는 없었고 안도의 한숨만 있었다. 퇴근할 때 팀장이 말없이 내 어깨를 토닥여주며 이렇게 말했다.

"그 정도 욕은 공기라니까요."

팀장의 무덤덤한 말투 때문인지, 아니면 별스럽지 않을 정도로 온기가 전해지지 않았던 어깨 두드림 때문인지 전혀 위로가 되지 않았다.

　무당이 다녀간 이후로 개발실 전체 면담이 실시됐다. 면담의 내용은 네 글자로 요약할 수 있었다. 고충 상담. 모든 고충 상담이 그렇듯 제대로 된 상담이 이뤄지지는 않았다. 나와 본부장의 면담도 마찬가지였다.

　"힘든 일 없고?"

　"네."

　"그래, 잘하자."

　1분도 안 돼서 면담이 끝나니 이게 뭐 하자는 건가 싶었다. 아무튼 새로 맞춘 부적 덕분인지 아니면 개발실 전체 면담 덕분인지 몰라도 출처 불명 신원 불명의 귀신 출연은 뜸해졌다.

　"그나저나 저희는 귀신을 얼마나 만들어야 하는 건가요?"

　"이백 종 정도."

　팀장의 말을 듣고 지금까지 만들어진 귀신의 숫자를 세어봤다. 총 아흔다섯 종이었다. 만들어진 것보다 앞으로 더 만들어야 할 귀신이 많은 상황이었다. 그만큼을 언제 다 만드느냐고 푸념하듯 말하자 팀장이 시시한 말투로 답했다.

"하다 보면 돼요."

하지만 해도 해도 안 되는 일은 있었다. 가령 퇴근 후의 소설 쓰기나 뜬금없이 부적이라는 아이템에 관한 설정을 짜는 것처럼 말이다. 우리 둘은 부적에 이런저런 설정을 일주일 동안 덕지덕지 붙였지만, 결국 부적의 설정을 짠 것은 사업 팀이 되고 말았다. 사업 팀이 전달한 말도 안 되는 부적의 설정을 보며 나는 팀장에게 물었다.

"이럴 거면 왜 우리한테 그 업무를 시킨 걸까요?"

"우리가 돈 되는 설정을 짤 줄 알았나 보죠."

"팀장님도 그런 설정은 못 짜시나 보군요."

"제 책이 얼마나 팔렸는지 말씀드려요?"

굳이 듣지 않아도 충분히 짐작할 수 있었기에 나는 팀장한테 다음에 들려달라고 말했다.

🎮

사업 팀의 입김 덕분에 〈Project G〉에서 부적은 매우 중요한 아이템이 되고 말았다. 그전까지는 단순히 귀신에게 총질과 칼질을 하는 게임이었지만, 부적이라는 유료 아이템이 도입된 이후 부적이 없으면 주인공은 귀신을 제압할 수가 없게 됐다. 현실에서 벌어진 일 때문에 게임 속 주인공은 졸지에 약골이 된 셈이었는데, 어쩐지 주인공의 처지가 내 처지와 다를 바 없다는 생각이 들었다.

출시되기 전까지 〈Project G〉는 총 네 번의 마감이 진행될 예정이었고, 그중 첫 번째 마감이 끝나 크런치 모드가 종료된 저녁에 회식을 하기로 했다. 1차는 적당히 비싼 삼겹살집에서 저녁 7시부터 9시 30분까지 진행됐다. 이런저런 사건이 일어났던 탓에 회식은 10시까지만 진행됐고 그 이후의 자리는 개인적인 술자리로 전환됐다. 물론 어디에나 편법은 있었다. 회식 마감이 30분 정도 남았을 때, 본부장은 PM 팀장에게 카드를 쥐여주며 회식을 이어 갈 만한 다른 술집을 찾아 술값을 미리 결제하라고 말했다. 그 광경을 보고 있던 나는 팀장에게 저래도 되냐고 물었다. 팀장은 대답 대신 내 잔에다 맥주를 따라줬다.

"대호 씨는 여기 왜 왔어요?"

"뽑아줘서요."

"아니, 왜 게임업계를 골랐냐고요."

"계약직으로 일했을 땐 다른 업계보단 자유로워 보였거든요."

"근데 아니죠?"

팀장은 취했지만, 여전히 무뚝뚝함을 유지하고 있었다. 팀장의 질문에 나는 대답하지 않고 묵묵히 맥주를 들이켰다. 그 뒤로도 팀장은 그런 시시한 질문을 무뚝뚝하게 던졌다. 대체로 대답하기 곤란한 질문이었다. 어쩌면 팀장 본인도 곤란하니까 그런 질문을 던지는 게 아닌가 싶었다.

한편 삼겹살집 근처에서 적당히 넓은 치킨집을 발견한 PM 팀장은 그곳에서 오십만 원을 미리 결제한 뒤 잠시 회사에 두고 온 물건이 생각나 아무도 없는 사무실로 돌아갔고, 그곳에서 바닥을 기어 다니던 낯선 얼굴의 상대와 마주하고 말았다. 이전에도 회식 때 과음한 개발자가 사무실에서 뻗었던 걸 본 적 있었기 때문에 PM 팀장은 성난 목소리로 투덜대며 바닥을 기어다니는 상대에게 물었다.

"누구세요?"

그러자 질문에 대답이라도 하듯, 바닥을 기어다니던 것은 아주 천천히 일어섰다. 처음에 바닥에 있던 눈높이가 천장을 향해 서서히 올라가는 것을 목도한 PM 팀장은 조금씩 경악하기 시작했다. PM 팀장은 평소 개발실에 자신보다 키가 큰 사람이 없다는 사실에 남몰래 뿌듯했던 적이 있었다. 하지만 캄캄한 사무실에서 마주친 상대는 그 자부심을 손쉽게 부술 정도로 커다랬다. 족히 2미터도 될 법한 키였는데, 개발실의 모든 팀원을 알고 있던 PM 팀장의 기억 속에 그렇게나 큰 팀원은 없었다. 그런 고로 이 작자의 정체는 두 가지로 축소됐다. 무단침입자이거나 아니면 개발실에 소문이 퍼진 예의 그 귀신이거나. 어느 쪽이든 전혀 달가운 존재는 아니었다. 생각이 거기까지 뻗치자 낯선 존재에게 말을 건 PM 팀장의 목소리는 떨리지 않을 수가 없었다.

"누구……세요?"

대답 대신 PM 팀장이 받은 것은 갑작스러운 돌격이었다. 어두컴컴한 개발실에서 그런 일을 겪게 된다면 어지간한 사람은 기절할 게 분명했다. 문제는 그 개발실에 남아 있던 다른 사람은 어지간한 사람이 아니었다는 것이다. 바닥에 쓰러진 PM 팀장을 발견한 건 청소부 여사님이었고, 귀신을 사로잡은 것도 청소부 여사님이었다.

원래 청소 작업은 평일 새벽에 이뤄진다. 심야 시간에는 개발실의 모든 조명이 꺼진다. 때문에 여사님은 어두컴컴한 개발실을 청소하곤 했다. 하지만 금요일은 예외로 청소 작업이 자정 가까운 시간에 진행됐다. 어쨌든 청소부에게도 주말은 필요하니까 말이다. 그런데 여사님은 그날 유독 바닥이 잘 밀리지 않았다고 했다.

"뭔가 빡빡한 게 묻은 거 같았죠."

빡빡함의 근원은 다름 아닌 귀신이었다. 이 바닥 저 바닥을 기어 다니던 귀신은 여사님의 밀대와 부딪히자마자 아까와 마찬가지로 천천히 일어서서 달려들었다. 그러나 여사님은 밀대로 자신보다 머리 세 개는 큰 귀신을 침착하게 두들겨 패며 욕지거리를 내뱉었다. 귀신은 실컷 얻어맞고 깨갱거리더니 그대로 새우처럼 움츠러들었다.

"에라이, 별 희한한 걸 만들었네."

귀신을 손쉽게 제압한 여사님은 청소를 계속했다. 그러다 몇 분 후, 바닥에 널브러진 PM 팀장의 얼굴이 밀대에 걸렸을 때 여사님은 그제야 비명을 질렀다.

"수명이 10년 치는 날아간 거 같아요."

"그건 귀신을 보고 기절했던 제가 할 말이죠."

여사님은 PM 팀장을 미친 사람 보듯이 잠깐 바라본 후, 마저 바닥 청소를 하러 떠났다. PM 팀장은 자신의 휴대폰에 무수히 찍혀 있는 부재중 통화를 본 후 한숨을 내쉬었고, 그 한숨은 다음 주 월요일 본부장에게까지 이어졌다.

"당분간 회식은 금지예요."

"귀신 때문인가요?"

"아니요, 결제 때문이죠. PM 팀장이 거기 나자빠져 자는 바람에 미리 선결제한 게 걸리고 말았어요. 회식이 10시까지인데, 그 이후까지 마시는 건 회사 내규를 위반하는 거거든요."

"10시까지 먹었다고 하면 되죠."

"치킨 오십만 원어치를 어떻게 10분 만에 다 먹나요? 어쨌든 지금 문제는 그게 아닙니다."

팀장에게 뭐가 문제냐고 묻자 팀장은 이백오십만 원짜리 부적 두 장이 문제라고 답했다.

"왜요? 사업 팀이 그렇게 흥미로워했는데."

"PM 팀장이랑 여사님이 본 건 귀신이 아니라 게임 캐릭터니까요. 부적이 진짜 귀신을 못 잡았단 말이에요."

"무당이 돌팔이니까요."

"저는 아니지만, 본부장님은 진심으로 무당 말을 믿었을 거예요."

그때까지만 하더라도 나는 팀장의 말을 도통 이해할 수가 없었다. 부적이 진짜 귀신을 못 잡은 거랑 우리 게임의 부적이 대체 무슨 상관인지. 하지만 불과 일주일도 지나지 않아 우리 게임에서 부적의 흔적이 순식간에 사라진 걸 보고 팀장의 말을 조금은 이해할 수 있었다.

갑자기 부적이 사라지게 된 이유는 별것 아니었다. 얼굴 한번 본 적 없는 높으신 분이 부적을 불쾌하게 여기셨기 때문이라고 한다. 직책명이 대표나 의장 같은 친숙한 한국어가 아닌, 처음 보는 이상한 영어가 뒤섞인 단어였다.

"교회인지 성당인지, 아무튼 그쪽 계열 종교를 믿으신다고 하더라고."

2년 정도 지나 문득 떠오른 그 사람의 이름을 검

색해보니 그의 종교는 교회도 성당 쪽도 아닌 사이언스톨로지였다. 끓인 지 오래된 짜파게티처럼 짜게 식어버린 SF 종교를 아직까지 믿고 있는 사람이 있다는 게 놀라워서 부모님한테도 그 사실을 전했다. 당연하게도 장립 집사, 권사였던 부모님은 질색하며 그딴 직장 진즉에 때려치길 잘 했다면서 도리어 날 칭찬했다. 물론 부모님과 달리 본부장은 칭찬과 거리가 먼 사람이었다. 그 이후로도 그는 부적을 대체할 만한 아이템을 기획하라고 우리 시나리오 팀을 달달 볶았지만, 그럴싸한 아이템은 나오질 않았다. 그나마 묵주가 본부장의 마음에 들긴 했었는데, 묵주도 다른 종교의 산물처럼 보였기에 그마저도 기각되고 말았다.

　　"차라리 십자가는 어떨까?"

　　"게임이 십자군 전쟁처럼 보일 것 같은데요."

　　"21세기식 십자군 전쟁이라고 치면 안 될까?"

　　팀장은 본부장의 물음에 단호하게 안 될 것 같다고 답했다. 그 말에 기분이 토라졌는지 아니면 쌓여 있던 스트레스가 폭발이라도 한 것인지 본부장은 때려치우라고 소리쳤다. 어찌나 크게 소리를 질렀는지 개발실에 있던 모두가 그 소리를 들었고 그날 블라인드에는 누군가의 고성을 고발하는 글이 올라왔다. 그 덕인지 아닌지는 모르겠지만 팀장은 별다른 불이익을 받지 않았다. 업무량이 늘어난 것만 빼면.

"괜찮으신가요?"

내 질문에 팀장은 어깨를 한 번 으쓱인 후 부적 때문에 밀렸던 업무를 하나둘씩 처리하기 시작했다. 그 모습은 기계로도 모자라 정말 귀신 같아 보였다.

다시 귀신을 사로잡은 날에 대해 이야기를 해보자면, PM 팀장과 여사님이 목격한 귀신은 전형적인 한국 귀신과 거리가 멀었다. 여남은 랜선과 마우스 줄로 포박당한 귀신의 얼굴을 쿡쿡 찌르며 본부장이 말했다.

"누가 봐도 외국인이로군."

"어느 나라 사람일까요? 인도네시아? 노르웨이?"

"이 정도면 귀신이 아니라 사람이어도 좀 무서울 거 같은데요."

"확실히."

본부장은 천천히 고개를 끄덕이더니 내게 이 외

국인 아저씨 귀신에 대한 설정을 쓰도록 지시했다. 출처도 불분명한 게임 캐릭터를 어떻게 우리 게임 설정에 녹일 수 있냐고 반문하니, 팀장은 안 그래도 게임 속의 귀신이 부족한 참인데 이렇게 넙죽 나타나준 귀신을 쓰지 않을 수가 있겠냐고 답했다. 역시 귀신보다 사람이 무섭다는 게 맞는 말인 모양이었다.

"근데 저게 진짜 귀신이면 어쩌죠?"

"그럼 더 좋죠. 진짜 귀신을 게임에 넣은 최초 사례가 되는 거잖아요? 물론 그럴 리가 없겠지만."

때때로 다른 회사 개발실에서 만든 게임 캐릭터가 귀신처럼 우리 개발실로 섞여 들어오는 경우가 있다고 설명하던 팀장은 내 자리 쪽으로 귀신을 들이밀며 열심히 설정을 짜보라고 말했다. 그러더니 자신은 외근을 가야 한다는 말만 남긴 채 재빠르게 자리에서 사라졌다. 꽁꽁 묶인 귀신을 바라보며 내가 할 수 있는 말은 하나뿐이었다.

"안녕하세요?"

아마 저쪽도 답할 수 있는 말이 하나뿐이었을 것이다.

"Hallå?"

한국인 같지 않은 외모답게 처음 듣는 억양의 말이었지만 대강 그 뜻은 짐작할 수 있었다. 왠지 몰라도 이 귀신인지 뭔지 모를 것을 바라보니 말도 안 되는 동질감 같은 게 느껴졌으니까.

🎮

오랜 대화 끝에 나는 녀석의 출신지가 어딘지 파악할 수 있었다. 전혀 그렇게 생기진 않았지만 귀신은 저 멀리 아스가르드*, 그러니까 북유럽 출신 귀신이었다. 북유럽 귀신이 도대체 어떻게 해야 이런 곳까지 흘러 들어올 수 있는지는 몰라도 친절한 구글 번역기 덕분에 나는 대강의 사정을 알 수 있었다.

이 아저씨는 자신이 북유럽 신화에 등장하는 '브라기'라는 신이라고 했다. 어쩌다 보니 대한민국에 떨어지게 됐고, 또 어쩌다 보니 테크노밸리를 배회하게 됐다고도 털어놓았다. 그 사정에서 내가 유추할 수 있는 건 두 가지뿐이었다. 첫 번째 추측은 오백만 원짜리 부적을

* 북유럽 신화의 주요 배경이 되는 땅.

팔아먹었던 그 무당은 아무래도 돌팔이 무당이 맞다는 것이었고 두 번째 추측은 다음과 같았다.

"아무래도 북유럽 MMORPG 따위를 개발하던 회사의 캐릭터가 우리 개발실 프린터로 굴러들어온 것 같아요."

"그러면 주인을 찾아줘야 하는 거 아닌가요?"

"뭐 하러 그래요."

팀장은 브라기를 가리키며 이건 작업 일정을 줄일 수 있는 선물이라고 말했다.

"근데 북유럽 신도 귀신인가요?"

"신도 귀신이죠. 한자가 똑같잖아요."

과연 북유럽 신이 농촌 호러 스릴러 게임과 어울릴지 의문이 들었지만, 어쨌든 팀장은 자칭 브라기 귀신을 우리 게임에 넣고 싶어 하는 눈치였기에 나는 별수 없이 계속 브라기와 대화를 나누었다.

우리의 대화는 시시하기 그지없었는데, 대체로 이런 식이었다.

"집에 가고 싶어요."

"나도 집에 가고 싶어."

이런 시시한 대화 끝에 내가 할 수 있는 거라곤

조금 더 비싼 식사를 하는 것뿐이었다. 다행스럽게도 월급날이었으니까. 한 달 중 다행스러운 날이 하루뿐이라는 건 여러모로 아쉬웠지만 팀장은 하루라도 다행스러운 게 어디냐며 내게 말했다.

"직장 다니기 전에는 다행스러웠던 날이 있었나요?"

"없었던 것 같아요."

"그럼 다행인 줄 아시라고요."

"그런데 행복한 날은 더 많았던 것 같네요."

팀장은 다행과 행복 두 단어의 차이점을 나에게 설파했다. 평소와 달리 전혀 설득되는 설명은 아니었다. 어쨌든 그도 나처럼 한 달 중 다행스러운 날이 하루뿐인 사람이었으니까.

🎮

맛없는 구내식당을 피해 바깥에서 식사를 할 때마다 종종 다른 회사 사람들과 마주치곤 했는데, 우리는 동종 업계 사람을 쉽게 알아볼 수 있었다. 기묘하게 생긴 게임 캐릭터들과 같이 식사를 할 수 있는 사람은 게임 회사 사람들뿐이었으니까. 물론 밥맛 떨어지는 귀신 캐릭터만 가득가득했던 우리 개발실은 그럴 수가 없었다. 하지만 브라기는 예외였다. 수면실에 달린 세면장에서 샤워를 시켜보니, 생각보다 말끔해 보여서 얼마든지 같이 식사를 할 수 있었다. 어느새 한국어에 능숙해진 브라기는 다른 테이블에 있는 게임 캐릭터를 가리키며 저 친구는 뭐 하는 친구인지, 또 저 친구는 어떤 친구인지 미취학아동처럼 쉬지 않고 내게 물었다. 그쪽 게임 회사에서 일하지 않았던 나로선 추측성의 대답만 내놓을 수밖에 없었다.

"저 캐릭터는 아마 수집형 RPG 게임에서 그렇게 큰 인기를 끌지 않지만 그럭저럭 수요가 있는 친구일 거야. 성능도 쓸만하겠지. 저 녀석은…… 정말 특이 취향이 아니고서야 건드리지 않을 예능용 격투 게임 캐릭터로군. 딱 상대방을 능욕할 때나 쓸 법한 캐릭터야. 그런데 아직까지도 격투 게임을 개발하는 곳이 있나?"

그날 내 설명을 듣고 대낮부터 맥주를 열 병이나 마신 브라기는 맥주를 열 병이나 먹은 사람이나 할 법한 소리를 원망 섞인 어투로 이렇게 지껄였다.

"내가 이런 농촌 호러 게임에 등장하게 될 줄이

야. 저는 총을 시원하게 갈기고 수류탄으로 모든 걸 터뜨려버리는 슈터 게임 주인공이 되고 싶어서 가출한 거라고요."

그 말을 듣고 나도 이런 말을 지껄이고 싶었지만 가까스로 참았다.

'나도 내가 이런 게임을 만들게 될 거라곤 상상도 못 했어.'

나는 맥주를 한 모금 들이켜고는 만취한 브라기를 업고 회사 수면실에다 눕힌 다음 가까스로 오후 업무를 시작했다. 오후 업무가 시작되고 한 시간쯤 지났을 때 팀장이 킁킁대며 말했다.

"어디서 술 냄새가 나는 것 같은데."

"브라기가 힘들다면서 술을 들이켜더라고요. 뭐가 힘든지 도통 모르겠지만."

"대호 씨는 안 마셨죠?"

나는 조금 망설인 후에 답했다.

"네."

대답과 달리, 술을 한잔했던 나는 퇴근 때까지 설정을 한 줄도 못 썼다. 사실 술을 마시지 않은 날에도 설정을 쓰지 못하긴 했다. 설정만 못 쓰면 다행이었을 것이다. 월급을 세 번 정도 받으니 내가 쓸 수 있는 글이 한 줄도 없었다. 심지어 소설마저도.

🎮

"퇴근하면 글을 한 줄도 못 쓰겠어. 아무래도 직장을 때려치워야 할 것 같은데."

언제부턴가 나는 퇴근 후에 매일 그 말을 내뱉었다. 대부분은 혼잣말이었지만 간혹 그 말을 부모님이 듣곤 했다. 처음엔 그러려니 하다가 몇 번 들으니 더 이상 못 들어주겠다고 하셨다. 직장 때려치우는 게 그리 쉬운 일인 줄 아느냐, 막상 진짜 직장에서 쫓겨나면 눈물 콧물 질질 쏟을 것이, 그렇게 직장을 때려치우고 싶으면 집에서 나가라고 소리를 빽 질렀다. 그 소리를 들을 때마다 정말로 직장을 때려치우고 싶었지만 집은 나가고 싶지 않았다. 슬프지만 나의 이런 상황을 털어놓을 수 있는 상대는 브라기뿐이었다. 기특하게도 나를 위로하고 싶었는지 브라기는 지금까지 한 마디도 꺼내지 않았던 자신의 사정을 이야기해줬다.

"사실 저도 가출했어요."

"그건 알고 있었어. 어디서 가출했는지 몰랐을 뿐이지."

"이유가 세 가지나 돼요."

"나보다 많네."

"첫 번째 이유는 아내였어요. 전에 있던 개발실에서 제 아내랍시고 여자 캐릭터를 하나 만들어놓았죠."

"결혼까지 했어? 게임 캐릭터답게 환상적이네. 나 같은 인간은 이제 게임 속에서나 결혼할 수 있을 거야."

"전 제 아내가 전혀 마음에 들지 않았어요."

브라기의 아내는 이둔이라는 여신이었는데, 황금 사과가 주렁주렁 열리는 황금 사과 나무를 수호하는 역할이라고 했다.

"농업의 여신, 그런 거야?"

"아뇨, 농업의 신은 토르예요."

"토르는 번개의 신 아니야?"

"신이 무슨 아르바이트생도 아니고 번개만 담당할 리가 있나요. 그거 다 신화 왜곡이에요."

자신이 진짜 북유럽 신화에 나오는 신처럼 구는 브라기가 뭔가 아니꼬웠지만, 북유럽 신화에 대해 아는 거라곤 토르, 로키, 오딘 등 마블 스튜디오가 전부였던 나는 그저 고개를 끄덕이는 수밖에 없었다.

　"그리고 두 번째 이유. 제가 나올 게임은 아저씨들이나 하는 게임이었어요."

　"그래, 리니지라이크* 같은 곳에 있다가 도망쳐 왔다는 건 짐작하고 있었어."

　만약 먼 과거의 누군가가 지금 우리의 대화를 엿듣고 있다면 서기 2033년에도 리니지라이크가 살아 있냐고 의문을 제기할지도 모르겠지만, 일단은 그렇다. 2033년에도 리니지라이크는 살아 있다. 옛날만큼은 아니지만 어쨌든 살아 있다. 아마 지금보다 먼 미래에도 리니지라이크는 살아 있을 것이다. 최후의 게이머가, 아니 최후의 지갑이 사라질 때까지 말이다. 그 사실을 아는지 모르는지 브라기는 고개를 절레절레 흔들며 말을 이어갔다.

　"도망친 곳이 농촌 호러 게임이라는 게 문제긴 하지만요."

　"도망친 곳에 낙원은 없어."

---

*　플레이어의 경쟁을 부추겨 매출 상위권에 드는 리니지 시리즈의 특징과 시스템을 그대로 모방하여 만들어진 게임을 일컫는 말.

"그거 전형적인 가스 라이팅인 거 아시죠?"

딱히 할 말이 없던 나는 브라기가 자신은 5단 변신 로봇처럼 변할 수 있다고 자랑하는 걸 들으며 맥주를 한 모금 들이켤 수밖에 없었다.

"등급에 따라 외형이 바뀌는데, 높은 등급일수록 모습이 더 멋있어져요. 잘 보세요, 지금은 일반 등급 브라기의 외형이고요."

브라기가 손가락을 한 번 퉁기자, 듬직했던 브라기의 차림새와 외모가 조금 얄팍하게 바뀌기 시작했다.

"이건 레어 등급의 외형."

브라기가 손가락을 한 번 더 퉁기자, 브라기의 손에 커다란 대검 하나가 쥐어졌고 어깨 위로 견갑이 장착됐으며 생김새는 배우나 모델을 보는 것처럼 그럴듯하게 바뀌었다.

"이건 사가 등급."

이제 브라기의 외모와 장비는 전혀 현실에 있는 것처럼 보이질 않았다. 그야말로 게임 속의 캐릭터가 튀어나온 것 같았는데, 너무 외모가 잘나서 오히려 거부감이 들 지경이었다. 이런 걸 뽑고 싶어 하는 사람이 세상에 있는 모양이었다.

"마지막으로 라그나로크 등급."

형광등 수억 개를 튼 것 같은 오라가 브라기의 등 뒤에서 펼쳐졌다. 후광 때문에 브라기가 움직일 때마다 정신 사나운 빛이 사방팔방 튀어 나갔다.

"그 미친 후광 좀 어떻게 해봐."

브라기가 손가락을 다시 한번 튕기자, 후광과 갑 옷이 순식간에 사라졌는데 방금 전까지 후광이 번쩍이 던 브라기와 지금의 브라기가 정말로 동일 인물인지 의 구심이 들 지경이었다.

"그런데 무슨 이유로 외모가 바뀌는 거야?"

"등급이 바뀌는 거잖아요."

"등급이 바뀌면 외모도 따라서 바뀌는 이유가 대 체 뭐냐고."

계속되는 추궁에 브라기는 머리를 긁적이며 무 안하게 말했다.

"도대체 뭐 하는 게임인지 몰라서 제가 딱히 답 을 할 수가 없네요. 그게 마지막 이유기도 하고요. 왜냐 하면 만들다가 엎어졌거든요."

나는 맥주를 홀짝이며 말했다.

"그랬구나."

그건 나도 종종 느끼는 기분이었다. 난 지금 대체 무슨 게임을 만들고 있는 걸까. 애초에 지금 난 뭘 하고 있는 걸까.

"도대체 뭐 하는 게임인지 모르겠다고 하더라."

사업 팀과의 미팅을 끝마친 본부장은 팀장과 나 그리고 어째선지 모르겠지만 브라기까지 자신의 사무실에 부른 후 이런저런 잔소리를 늘어놓기 시작했다.

"어디가 제일 문제인지 알아?"

"저희를 불렀으니까 저희가 제일 문제 아닐까요?"

"맞아. 귀신들의 설정에 통일성이 없어."

본부장은 그동안 우리가 만들어낸 귀신들을 줄줄이 읊어대기 시작했다. 삭제 처리된 개발자 귀신, 사무라이 귀신 그리고 어디서 굴러왔는지 모를 북유럽 귀신까지. 도대체가 농촌 호러와 어울릴 법한 귀신이 하나도 없다고 지적한 것인데, 듣고 보니 맞는 말이긴 했다. 그러나 애초에 그 귀신들을 컨펌한 사람은 본부장이었다는 걸 고려하면 약간 억울한 측면이 있었다. 그 억울

함을 아는지 모르는지 본부장은 우리에게 새로운 일정을 부과했다.

"지금까지 설정 짠 귀신들 죄다 갈아 엎어. 한국식으로."

"저희는 저게 한국 귀신이라고 생각했는데요."

"그렇다면 너희는 한국 기획자가 아닌 것 같군."

본부장은 출시까지 9개월 남았으니 충분히 할 수 있을 거라고 대단한 과대평가와 약간의 윽박을 섞어서 우리를 북돋아줬지만 전혀 도움이 되지 않았다. 그래서 브라기가 그 모양 그 꼴이 된 것일지도 모르겠다.

새마을운동 모자와 때가 잔뜩 묻은 수건을 목에 걸치고 있던 브라기의 모습은 그야말로 어색함 그 자체였다.

"이게 대체 뭐죠?"

"한국식 옷차림."

브라기는 영 마뜩잖은 표정을 지으며 새마을운동 모자를 푹 눌러 썼다. 나 역시 전혀 어울린다는 생각이 들지 않았다. 그건 CCTV를 여러 번 돌려 볼 때도 마찬가지였다. CCTV에 잡힌 브라기의 마지막 모습은 뻔뻔하기 그지없었다. 어디서 구한 건지 모르겠지만 사원증을 게이트에 찍은 다음 런웨이를 걷는 모델처럼 당당하게 회사 정문 바깥으로 걸어갔는데, 그 모습이 꼭 우디 앨런 영화에나 등장할 법한 엉성한 도망자를 보는 것 같았다. 신고를 받고 출동한 경찰은 화면을 여러 번 돌려 보며 이렇게 말했다.

"체구가 크고 인상이 특이해서 금방 찾을 수 있을 것 같습니다."

브라기의 키는 198센티미터였으니까 경찰의 말마따나 어디서나 눈에 확 띌 정도의 체구라 금방 찾을 수 있을 것 같았다. 경찰들이 말한 금방이라는 게 정확히 얼마만큼의 시간인지는 몰라도 적어도 일주일은 아니었을 것이다. 일주일이 되도록 브라기를 찾았다는 소식이 들려오질 않자 새로 귀신을 하나 만들어야 할 것 같다는 의견이 슬금슬금 나오기 시작했다. 흡연 구역에서 잠깐 얘기를 나누자고 말을 꺼낸 팀장은 심각한 표정을 지으며 레드애플 담배를 꼬나물었다.

"어차피 우리 게임이랑 안 어울리는 친구였어요.

이 기회에 그냥 싹 잊고 깔끔하게 새로 만들죠."

"그럼 그냥 돌아다니게 두자고요?"

팀장은 담배 연기를 내뿜으며 말했다.

"어차피 사람이 아니잖아요? 사람이 아닌 게 여기저기 돌아다녀봤자 뭐 할 수 있는 일도 없을 테고."

달리 할 수 있는 말이 없던 나는 팀장을 따라 담배 연기를 길쭉하게 내뿜었다. 그러고 보니 나는 언제부터 담배를 피우기 시작한 걸까. 알 수 없었다.

당장은 달리 할 수 있는 일이 없었기에, 다음 날 나는 연차를 하루 쓸 수밖에 없었다. 사유를 적는 칸에 "브라기를 찾아서"라고 적을 뻔했지만, 그랬다간 팀장한테 한 소리를 들을 것 같아서 "병원 방문"으로 고쳐 적었다. 어디 아픈 데 있냐는 팀장의 질문에 나는 얼빠진 대답을 하고 말았다.

"앓던 이가 빠질 것 같아서요."

"그러게 평소에 이 좀 잘 닦지."

팀장은 혀를 끌끌 차며 치과 잘 다녀오라고 말했

다. 그날 나는 퇴근하자마자 치과가 아니라 술집으로 향했다. 그곳은 팀장이 내게 알려줬던 술집이었다. 나는 그 술집으로 내가 설정을 담당한 게임 캐릭터들을 종종 데리고 가곤 했는데, 브라기도 마찬가지였다.

팀장이 내게 이 술집을 추천한 이유는 별것 아니었다. 사장이 게임 캐릭터처럼 생긴 게 그 이유였다. 가끔 그의 행동을 보고 있자면 정말로 사람이 아니라 어디 게임 회사에서 도망쳐 나온 캐릭터처럼 보일 때가 있었다. 물론 내 편견일지도 모르겠지만. 라스푸틴을 닮은 게임 캐릭터에게 라스푸틴 맥주를 서빙하던 술집 사장은 브라기를 봤냐는 내 질문에 마리오처럼 기른 자신의 콧수염을 슬쩍 매만지더니 고개를 끄덕이며 답했다.

"그 친구 어제도 왔어."

"뭘 마셨나요?"

"평소처럼 바이킹 맥주."

"계산은요?"

"외상."

"어디로 간다는 말은 안 했고요?"

"어디로 간다는 말은 안 했지만, 신청곡은 잔뜩 요청했었지."

사장은 브라기의 신청곡 목록을 보여줬는데, 목록을 보니 브라기가 어디로 갔는지는 금세 유추할 수 있었다. 'Surfin USA'로 시작해 '바다의 왕자'로 끝나는 노래 제목이 가리키는 목적지가 어딘지는 누구나 알 수 있을 것이다. 다만 문제가 있었다. 첫 번째 문제는 브라기가 향한 바다가 어느 쪽 방향이냐는 것이었고, 두 번째 문제는 브라기가 남긴 외상을 회사 복지 포인트로 해결할 수 없었다는 것이었다.

"분명 넉넉히 남았는데."

내가 곤란한 표정을 지으며 말하자 사장은 혀를 끌끌 차며 말했다.

"소문이 사실인가 보군."

"무슨 소문이요?"

"그쪽 회사 복지 포인트, 전부 다 회수했다고. 요즘 그쪽 회사 사정이 어려운가?"

"잘 모르겠는데요."

브라기는 꽤 눈치가 빠른 친구였다. 내가 반년은 지나고 나서야 눈치챈 사실을 진작에 알아챈 걸 보면 말이다.

브라기는 다시 찾아온 바다에 없었다. 황해의 땡볕 아래에 앉아 어디서 왔는지도 모를 이의 노래자랑을 듣고 있자니 일이 잘못돼도 단단히 잘못됐다는 생각이 들었다. 요즘 열리는 해변 가요제들은 동양방송국이 1978년에 처음으로 개최했던 '제1회 해변 가요제'와 전혀 무관한 대회였지만 해변과 가요제라는 친숙한 단어 때문에 여전히 많이 쓰이는 대회명이었다. 한 마디로, 공신력 없는 동네 노래자랑이나 다를 바 없었다.

　　"그래서, 내일도 휴가를 쓰신다고요?"

　　수화기 너머 팀장의 목소리는 평소와 달리 매우 성난 것처럼 들렸다.

　　"다른 회사 면접 보는 건 아니에요."

　　"당연하죠. 단편소설 하나만 달랑 있는 대호 씨 포트폴리오는 다른 곳에선 무조건 서류 탈락일 거예요."

　　그럴 만도 했다. 게임 시나리오는 요약의 요약의 요약을 해야 했기 때문에, 200자 원고지로 분량을 계산할 일이 없을 정도로 분량이 짧았다. 어쨌든 팀장이 화를 내고 있는 것은 내 형편없는 포트폴리오 때문이 아니었다. 엉뚱하게도, 해외 게임 개발사가 우리 프로젝트랑 유사한 게임을 제작하고 있다는 소식이 들려왔기 때문이었다. 〈메탈 기어 솔리드〉 시리즈*로 게임업계에 큰 발자취를 남겼던 코지마 히데오**. 그러나 〈메탈 기어 솔리드〉 시리즈로 얻은 명성은 그에게 족쇄와 독이 되고 말았는데, 그 건에 관해선 이 책의 전작인 『CAPCOM vs HIDEO』에 잘 설명되어 있으니 시간과 관심이 있는 독자라면 한번 찾아 읽길 바란다.

이런저런 갈등 끝에 코지마 히데오가 캡콤에서 독립하고 처음으로 제작한 게임은 〈데스 스트랜딩〉이었다. 황폐화된 지구에서 대륙을 불철주야 횡단하며 생존자에게 생필품을 전달하는 택배 기사가 주인공인 게임이었다. 〈데스 스트랜딩〉 시리즈는 그야말로 코지마 히데오가 하고 싶었던 전부를 표현한 게임이라는 평가를 받았다. 하지만 평론가와 플레이어들은 그때까지만 하더라도 몰랐다. 진짜로 코지마 히데오가 하고 싶었던

---

* 첩보 액션 게임 시리즈.
** 일본의 게임 개발자. 영화 같은 연출로 유명하다.

게 무엇인지.

도쿄에서 개최된 2033 도쿄 게임쇼에서 코지마 히데오는 일흔 살에도 은퇴를 하지 않고 신작 게임을 개발하겠다는 발표를 하여 전 세계 게이머들을 놀라게 만들었다. 그런데 그보다 더 놀라운 사실은 따로 있었다. 그것은 바로 베일에 쌓여 있던 〈데스 스트랜딩〉의 후속작 주제였다.

"제가 다룰 다음 주제는 '굿'입니다."

그 자리에 있던 취재진들은 코지마 히데오의 첫 마디를 듣고 의아함을 느낄 수밖에 없었다. 왜냐하면, 그들이 아는 '굿'이라곤 영어 단어인 'Good'밖에 없으니까. 때문에 이런 멍청한 질문이 나오는 건 어쩔 수 없는 노릇이었다.

"정확히 뭐가 좋다는 겁니까?"

코지마 히데오는 8분 35초 동안 외신 기자들에게 자기가 말하는 '굿'이 무엇인지 차분히 설명해줬다. 21세기에도 여전히 벌어지는 신들린 그 영역을, 칠순이 넘은 나이에도 새로운 소재를 찾아 게임을 만들고자 하는 노(老)디렉터의 영감을 바라보며 취재진들은 진심인지 가식인지 모를 '과연' '역시' 같은 감탄사를 연신 내뱉었다.

하지만 우리 개발실 사람들은 전혀 다른 감탄사를 내뱉었다. 코지마 히데오에 비해 어휘와 설명 수준의 차이가 있긴 했지만 입사할 때 누구나 본부장으로부터 '굿'에 관한 이야기를 들었으니까. 그걸 본인도 느꼈는지 본부장은 엄청 억울하게 소리쳤다고 한다.

"어째서 저 칠십 먹은 일본인 영감탱이 입에서 나랑 똑같은 콘셉트가 흘러나오는 거야?"

솔직히 말하자면, 코지마 히데오가 말하는 것과 우리 본부장이 말하는 것의 공통점은 굿이라는 단어 하나뿐이었다. 어쨌든 〈데스 스트랜딩〉의 후속작으로 제작될 게임의 주제가 이웃 나라의 무속 신앙이란 사실은 나름 큰 반향을 일으켰다. 물론 그 반향의 대부분이 부정적이긴 했지만. 포스트 식민주의적인 대다수의 의견을 차치하더라도, 코지마 히데오의 새로운 도전이 큰 관심을 불러일으킨 것은 틀림없는 사실이었다.

"조만간 발매될 〈死川心中〉은 10년 전 한국에서 개봉한 영화 〈곡성〉에서 영감을 받은 게임입니다. 또, 단순한 오컬트 공포물이 아니라 SF 요소가 섞인 것도 특징이라면 특징이라고 할 수 있겠죠."

코지마 히데오가 자신의 작품에 등장할 SF 요소에 대해 읊기 시작하자, 그런 요소라곤 눈을 씻고 봐도 찾을 수 없는 우리 게임과 확연히 다른 게임이라는 생각이 들었다. 문제는 나와는 달리 본부장은 그런 생각을 전혀 하지 못한다는 거였다.

졸지에 세계적인 게임 디렉터와 똑같은 소재로 정면 승부를 하게 된 본부장은 허탈한 표정을 지으며 코지마 히데오의 발표회를 바라보고 있었다.

"어떻게 저 노친네 입에서 굿이란 단어가 나온 거지? 누가 저 사람한테 우리 프로젝트 얘기한 거 아니야? 이건 베낀 게 분명해."

그런 정신 나간 말을 듣고 당신도 〈바이오하자드〉 시리즈를 베끼지 않았냐고 말하고 싶은 사람이 한둘이 아니었을 것이다. 게다가 코지마 히데오 정도나 되는 양반이 이렇다 할 작품을 낸 적 없는 한국 게임 개발사가 무슨 프로젝트를 진행하고 있는지 관심이나 있을까 싶었지만, 본부장은 정말로 그렇게 생각하고 있었던 모양이다. 다행인지 불행인지 코지마 히데오의 신작 게임 〈死川心中〉의 발매일은 우리 프로젝트의 발매일보다 한참 뒤였다. 물론 그게 여유가 있다는 뜻은 아니었다.

"코지마 히데오 덕분에 우리 게임 공개 일정이 크게 앞당겨졌어요."

브라기를 새까맣게 잊어버린 팀장은 게임 트레일러 영상을 조만간 공개하게 될 거라고 말했다. 아직 사업 팀에서 피드백을 준 귀신들 리뉴얼 작업이 제대로 끝나지 않은 상태라 제대로 된 트레일러 영상은 찍을 수가 없었다. 심지어 설정이 죄 엎어진 탓에 지금 게임 속을 돌아다니는 귀신들은 죄다 회색 쫄쫄이를 입고 있는 상태였다. 갖은 수를 생각한 끝에 우리 게임의 트레일러 영상에는 귀신이 나오지 않는 것으로 결정됐다. 그러니까 귀신을 때려잡는 호러 게임인데 정작 최초로 공개된 플레이 영상에서는 귀신이 나오지 않는다는 얘기였다. 나는 의아한 목소리로 팀장에게 물었다.

"그래도 될까요?"

팀장도 의아한 목소리로 대답했다.

"몰라요."

모르는 사람은 팀장뿐만이 아니었다. 본부장의

추궁에 무당은 이렇게 답했다고 한다.

"귀신이 저 양반의 귓가에 속삭였겠죠. 가끔 이런 일이 있습니다. 영감을 주는 귀신이 전혀 엉뚱한 사람에게도 영감을 주는 경우가."

"귀신이 바다도 건너요?"

"비행기 있잖습니까."

그 답을 듣고 본부장은 정말 귀신이란 족속들은 이해할 수가 없다고 혀를 끌끌 찼다고 한다. 나는 귀신 말고 다른 것들도 이해할 수 없었다. 이 회사, 아니 이 게임업계 자체를.

🎮

귀신이 안 나와서 그런 것인지 아니면 회사 상황이 여의찮아 허리띠를 졸라맨 것인지 모르겠지만, 우리 게임의 트레일러 영상은 삽시간에 완성됐다. 영상은 그럭저럭 을씨년스러운 분위기를 풍기긴 했다. 귀신의 모습이 조금도 안 나온 건 역시나 허전했다. 고전 공포 영화처럼 완전한 형체를 보여주지 않는, 이를테면 휙 하고 지나가거나 스르륵 하고 초점이 흐린 곳에 나타난다거나 하는 방안도 고려됐다고 한다. 그러나 할 일 없는 누군가가 순간 캡처로 우리의 어설픈 귀신을 캡쳐한다면 조리돌림거리가 될 거라며 본부장은 수정 없이 그대로 플레이 영상을 공개하기로 결정했다.

"부산 벡스코에서 열릴 게임 전시회에서 공개될 거예요."

"저희도 부산에 가야 하나요?"

"당연하죠. 금요일에 조기 퇴근하고 가서 토요일 새벽까지 있을 거예요."

"초과근무 인정해주나요?"

"안 해준대요."

"이런."

"게임 회사에 뭘 바라나요."

그 자조 섞인 말을 듣고 도대체 우리는 게임 회사에 뭘 바라야 하냐고 팀장에게 되묻고 싶었지만, 어차피 돌아올 답이 뻔했기에 나는 입을 다무는 수밖에 없었다.

오전 근무를 한 후, 고속철도를 이용해 부산으로

쏜살같이 내려갔다. 게임 전시회는 벡스코 두 개 관에서 진행됐다. 좌석이 족히 수백 개는 넘는 부스를 차지한 큰 회사와 좌석 하나짜리 부스를 차지하고 있는 수십 개의 작은 회사들 가운데 커다란 대형 화면이 있었다. 화면에선 메인 부스에서 진행되고 있는 행사가 중계되고 있었다. 행사가 끝나면 곧 출시될 게임들의 소개 영상이 줄줄이 재생될 예정이었다. 우리 게임의 공개 순서는 세 번째였다. 나는 어쩌다 보니 본부장 옆에 앉게 됐다. 본부장은 앞서 공개되는 게임들의 영상을 보며 이러쿵저러쿵 투덜댔다.

스팀펑크*에 소울라이크**라니. 굶어 죽고 싶어 환장했나 보군. 어랍쇼, 저거 완전 〈몬스터 헌터〉*** 베긴 거 같은데? 진짜 업계에 독창성이란 것이 다 떨어졌나 보군. 어휴, 보기만 해도 어떤 게임 파쿠리**** 친 게 보이

---

* 증기기관 시대에 환상적 요소를 도입한 장르물.
** 프롬 소프트의 액션 게임 다크 소울 시리즈의 영향을 받은 게임들. 극악한 난이도로 유명하다.
*** 2004년부터 발매된 수렵 액션 게임 시리즈.
**** '훔치다'라는 뜻의 일본 단어 파쿠루(パクる)의 명사형으로 표절을 뜻하는 단어다.

네. 업계에 낭만이 하나도 안 남아 있어, 낭만이.

낭만이라니. 〈바이오하자드〉 시리즈의 정신적 후속작 운운하던 사람이 감히 지껄일 단어인가 싶었지만 나는 아무 말도 할 수 없었다. 거대한 화면에 펼쳐지는 어두컴컴한 농촌의 풍경을 보고 사방이 조용해졌기 때문이다. 들리는 거라곤 마른 나뭇가지를 열심히 밟는 주인공의 발소리뿐이었다. 그마저도 없으면 여기가 게임 전시회가 열리는 곳인지 도서관인지 분간이 가지 않았을 것이다. 멀리서 크게 들려오는 시큰둥한 하품 소리를 들으며 역시 때려치우는 게 좋을까, 하고 속으로 생각하고 있을 때 누군가 내 어깨를 툭툭 쳤다. 뒤를 바라보니 익숙한 얼굴이 하나 보였다.

"여기서 뭐 하세요?"

"넌 여기서 뭐 해?"

"일하러 왔죠."

"나도 일하러 왔지."

나는 트레일러 영상이 재생되고 있는 대형 화면을 가리키며 말했다. 살갗이 조금 탄 브라기는 고개를 끄덕이며 저게 내가 들어갈 뻔한 게임이구나, 하고 중얼거리다가 자신은 지금 다른 개발실에 스카우트 됐다고 말했다.

　"무슨 게임?"

　"여자 캐릭터가 잔뜩 나오는 수집형 게임이요."

　"넌 남자 캐릭터잖아."

　"그래서 희소성이 있죠."

　그 괴이한 말을 듣고 그런가, 하며 심각하게 고민할 때 누군가 나와 브라기 사이에 끼어들었다. 눈이 과하게 크고 머리 색깔이 어딘지 모르게 현실성 없는 여자였다. 머리 색깔만큼이나 말본새도 브라기처럼 현실성 없는 친구였다.

　"브라기, 너 설마 또 이직하려는 거야? 이 배신자."

　"사돈 남 말 하네. 너야말로 얌전히 게임 속으로 꺼져."

　여자는 브라기한테 혀를 삐쭉 내민 후 인파를 따라 저 멀리 사라졌다. 그녀의 뒷모습을 바라보며 브라기는 들릴 듯 말 듯 욕지거리를 중얼거렸다. 나는 브라기한테 저 이상한 게임 캐릭터는 누구냐 물었다.

　"이둔이에요."

　"네 아내? 너랑 장르가 전혀 다른 것처럼 생겼는데."

"성형했어요. 저 친구도 저처럼 게임 몇 번 갈아 닳았거든요."

그러면서 브라기는 자신도 조만간 새 게임에 어울릴 외모로 바뀐다고 말했다. 그 얘기를 들으니 몇 주 전에 그한테 한국적인 복장을 씌우려 들던 우리 모습이 떠올랐다. 나는 브라기를 딱하게 쳐다보며 말했다.

"넌 어딜 가나 원하는 껍데기를 못 쓰는구나."

그 말을 듣고 이번엔 브라기가 나를 딱하게 쳐다보며 말했다.

"그건 대호 님도 마찬가지죠. 아니, 어쩌면 제가 대호 님보다 나을 지도요."

그건 또 무슨 말이냐고 되묻자, 브라기는 대답 대신 엉뚱한 고백을 내 귓가에다 속삭였다.

"전 여기서도 도망칠 거예요. 대호 님은 도망 안 치실 거잖아요."

전혀 놀랍지도, 궁금하지도 않은 브라기의 고백에 내가 할 수 있는 말은 이것뿐이었다.

"그래, 잘 도망치렴."

그리고 나는 도망치듯 브라기의 곁에서 떠나갔다. 브라기를 현실에서 본 건 그때가 마지막이었는데,

아마도 잘 도망친 것 같다. 게임 캐릭터인 브라기와 다르게 나는 도망칠 구석도, 능력도 없었다. 그저 묶여 있을 따름이었다. 어디에 묶여 있는지는 알 수가 없었다. 올라가는 상행 열차에서 나는 팀장에게 행사장에서 브라기를 봤다고 말했다.

팀장은 시큰둥한 반응을 보였다.

"놀랍지도 않아요. 그렇게 망령처럼 이 개발실 저 개발실 떠돌아다니는 캐릭터들은 또 다른 곳으로 망령처럼 흘러가는 법이니까."

"그런 망령들은 나중에 다 어디로 갈까요?"

"한국에 게임 회사는 많으니까 어디론가 가겠죠. 게임 캐릭터야말로 이 시대의 귀신 같은 존재니까."

팀장은 굳이 인터넷 국어사전에서 귀신이라는 단어를 검색한 후, 그중 여섯 번째 뜻을 내게 읊어줬다.

"귀신. 명사. 이름뿐이고 실체는 없는 것."

"귀신에 그런 뜻이 있다고요?"

내가 미심쩍은 기색을 보이자, 팀장은 굳이 자신의 전공을 알려줬다.

"저 국문학과 나온 소설가예요."

"저도 문창과 나온 소설가예요. 그리고 팀장님은

무슨 한국의 스티븐 킹이라면서 왜 국문학과 출신인 거죠?"

"스티븐 킹 전공이 뭔지 아세요?"

"모르는데요."

"영문학과예요. 미국의 국어는 뭐죠?"

"영어죠."

"그렇죠. 그럼 영문학과는 미국의 국문학과 아니겠어요?"

이게 게임 회사식 논법인가 싶었던 나는 갑자기 멀미 기운이 도져서 선잠에 빠지고 말았다. 꿈속에서 나는 세상 온갖 사람에게 욕을 얻어먹는, 그야말로 욕받이나 다름없는 신세였다. 깨고 나서도 나는 여전히 욕을 얻어먹고 있었다. 개발실 사람들과 함께. 예상은 했지만 그 줄줄이 적히고 있는 욕을 직접 보고 있자니 조금 감당하기가 어려웠다.

〈Project G〉의 첫 플레이 영상의 반응은 여러모로 격렬했다.

[이게 어디가 호러냐? 그냥 시골 밤길 가도 이것보다 더 무섭겠다.]

↳ 레알. 요즘 시골길 장난 아니게 무서움.

[공포 게임이라며. 귀신 대체 어딨음?]

↳ 귀신 퇴근했다네요. 요즘 게임 회사 워라밸 좋잖아요.

[코지마 히데오 인터뷰 듣고 후다닥 만든 느낌 물씬 풍기네.]

[설마 여기다가 캐시템 붙이는 건 아니겠지?]

↳ 미친놈들이 아니고서야.

↳ 실제로 미친놈들이라 모른다.

[사스가* 한국 게임 수준;;;]

솔직히 말해서 일부 반응은 재밌기도 했다. 하지만 대부분의 반응은 내 두 눈으로 직접 보기엔 너무 괴

---

* さすが: 과연, 역시.

로웠다. 말단인 내가 이 정도인데 팀장이나 본부장의 심정이 어떨지는 굳이 말할 필요도 없을 것이다. 그래서 본부장이 또다시 돌팔이 무당을 개발실로 불렀을 때, 나는 그러려니 하고 이해할 수밖에 없었다. 개발실에서는 몇 번의 고성이 들렸다. 가격이 어떻다느니, 회사 사정이 어떻다느니 하는 말이었다. 그 정도도 그러려니 하고 이해할 수 있었다. 하지만 무당이 개발실을 떠나고 얼마 되지 않아 팀장이 이 말을 했을 땐 이해도 안 됐고, 전혀 웃기지도 않았다.

"〈Project G〉를 위해 굿을 할 거예요."

"굿이라고요?"

"그냥 굿도 아니에요. 살을 쏘는 굿이죠."

"살이요?"

"뭐, 저주 같은 거라고 해두죠."

무당이 누구에게 살을 쏘는 건지 알려주지 않아도 나는 살을 받을 사람이 누구인지 쉽게 짐작할 수 있었다.

"그게 소용이 있을까요?"

팀장은 진심이 전혀 담기지 않은 듯한 목소리로 답했다.

"진심으로 믿으면 이뤄지는 법이랍니다."

어쩌면 우리의 굿이 망한 이유는 그 때문일지도 모른다. 아무튼 굿을 도저히 볼 자신이 없던 나는 그날 연차를 냈다. 휴가에서 돌아와보니 팀장의 자리 위에 영수증 한 장이 놓여 있는 게 보였다.

구매 물품 : 굿 한 판

구매 목적 : 게임 내 이벤트 연출 참고용

구매 단가 : 20,000,000원

이쯤 되니 굿이 비싼 건지 부적이 비싼 건지 아니면 게임 개발 비용이 비싼 건지 계산이 되지 않았다.

🎮

고심과 핑계 끝에 이천만 원짜리 굿은 우리 게임의 오프닝 장면으로 구현됐다. 게임을 실행한 후, 플레이어들이 마주하는 〈Project G〉의 첫 장면은 다음과 같다. 김이 펄펄 끓는 온천 앞에서 사나운 빛을 잔뜩 머금은 칼을 두 자루 쥔 채 방방 날뛰는 무당. 그 입에서 끝없이 쏟아져 나오는 경문. 그리고 귀와 눈으로 무당을 느끼며 계속 싹싹 비는 어떤 여인. 아무래도 굿을 사주한 것처럼 보이는 그 여인은 그야말로 제사상 위에 올라간 파리라고 불러도 모자람이 없을 정도로 손을 재빠르게 비비고 있었다. 염원하던 바가 무엇인지는 그 여인도 정확히 모르는 것 같았지만, 기도하는 모습만 봐도 그가 얼마나 간절한지 누구나 쉬이 짐작할 수 있을 것이다.

　　무당이 경문의 마지막 문장을 읊을 무렵 온천 수온이 급격히 상승한다. 보글보글 올라오던 거품은 이제 거품이라고 부르기 민망할 정도로 크기가 거대해지고, 그 거대한 바가지 거품 사이로 무언가가 튀어나온다.

　"그 무언가가 대체 뭐죠?"

　"그 무언가는 우리가 대답해야 할 부분이죠."

　"당연히 귀신이겠죠?"

　내가 되묻자 팀장은 또 시큰둥하게 답했다.

　"당연히 귀신이겠죠."

　그러니까 나는 어떤 여인이 무당에게 굿을 의뢰했고, 그 굿의 결과로 지옥처럼 김이 팔팔 끓는 온천에서 튀어나올 법한 귀신을 새로 구상해야만 했다. 애초에 온천이라는 소재 자체가 농촌 배경 마을 어디에서 튀어

나오는지 짐작조차 가질 않아서 설정 작업이 잘 풀리지 않았다.

"원래 저희 게임에 온천이 있었나요?"

"있었는데요, 없어졌습니다. 그런데요, 다시 생겼습니다."

그 대답을 듣고 내가 어이없어하는 표정을 짓자 팀장은 어째서 온천이 우리 게임 속 농촌에 들어갔고 왜 빠졌는지 그리고 온천이 왜 다시 들어갔는지 구구절절 설명해주기 시작했다. 그 구구절절한 설명을 요약하자면 다음과 같았다.

〈Project G〉의 기초 설정을 기획했던 본부장은 자신이 유년 시절을 보냈던 고향 마을을 게임의 배경으로 삼았는데, 하필이면 그 게딱지 같던 시골 마을에서 제일 유명했던 것이 바로 온천이었다. 한반도 내의 온천 중 유일한 자연 용출 온천이었던 그곳의 출처는 근처에 있던 해발 998미터 응봉산의 지하였다. 온천수의 평균 온도는 섭씨 42.4도이고 중탄산나트륨과 칼륨, 칼슘과

철이 포함된 약알칼리성을 띠며 류머티즘, 근육통, 피부 질환 그리고 근육신경 마비에 뛰어난 효능을 보였다. 이러한 은혜로운 물이 흐르는 온천이 발견된 시기는 고려 시대 말기 무렵으로, 뒷다리에 화살을 맞아 절뚝이던 멧돼지를 뒤쫓던 사냥꾼들이 우연히 멧돼지가 따끈한 온천수에 잠깐 뒷다리를 담근 후 다시 쌩쌩하게 달리는 것을 보고 예사롭지 않은 물이 있다고 관아에 보고를 올렸다. 그것이 온천 호텔 안내판에 적혀 있는 사연 중 하나였다.

　　어이없는 전설을 쫓아 고향 마을까지 현장 답사를 나온 본부장과 그 무리는 뜨끈한 물에 몸을 담근 채, 이 온천 전설을 어떻게 공포물로 되살릴지 논의하기 시작했다.

　　"염을 온천수로 하니까 죽은 사람이 되살아났다는 이야기는 어떨 거 같아?"

　　"너무 〈사이렌〉* 같고 좀비물 같은데요."

　　"옳은 말이야. 좀비는 이제 시시해졌어. 조금 달

* 　모종의 사건으로 주민들이 전부 실종된 시골을 배경으로 한 좀비 어드벤처게임.

리 표현해야겠지."

뜨거운 온천에 얼굴을 집어넣고 1분 가까이 잠수를 한 본부장은 물귀신처럼 빨갛게 달아오른 얼굴을 수면 위로 내밀며 이렇게 말했다고 한다.

"뜨거운 황천을 건너온 귀신이라고 표현하자."

뜨거운 물속에서 1분 동안 생각한 끝에 나온 의견답게 형편없었지만 본부장처럼 다른 이들의 머리도 온천에 푹 익어서 누구도 그 의견에 토를 달지 않았다.

본부장의 의견에 반대를 표한 건 뜻밖에도 온천을 운영하고 있던 호텔 쪽이었다. 게임 배경 작업을 위해 촬영 협조를 구한다는 섭외 메일에 귀신이 나오는 온천이 게임 속에 나온다면 고소를 하겠노라고 깔끔한 답장을 보내 왔다. 그렇게 〈Project G〉에서 온천은 사라지게 됐다.

"그런데 지금은 왜 다시 나오게 된 거죠?"

"그 호텔이 망했어요. 근처에 원자력발전소가 들어와서 온천에 방사능이 흐른다는 흉흉한 소문이 떠돌았거든요."

"아하."

그렇게 〈Project G〉의 세계관은 완성됐다. 평화로운 농촌 마을에 온천 개발을 위해 한 기업이 들어오는데 개발 도중 지맥을 건드려 온갖 저주가 발생하게 된다는, 지극히 전통적이고 기초적인 젠트리피케이션류 호러물이 됐다. 고향이 그곳에 있어서 그런 건지 모르겠지만 본부장은 팀장이 설정을 덕지덕지 덧붙인 세계관을 보고 완벽하다고 호평했다. 나중에 팀장이 쓴 소설인지 회고록인지 모를 글을 보니 정작 그 모든 설정을 쥐어짜낸 팀장은 그렇게 생각하지 않는 듯했지만.

    팀장은 업계에 들어온 뒤로 자기 의견대로 글을 써본 적이 없다고 했다. 사실 그건 지금도 그렇다며 술에 취해 내게 고백했는데, 사실인지 아닌지는 잘 모르겠다. 내가 귀신 같은 독심술사는 아니니까 말이다.

    "대호 씨는 잊어먹었을지도 모르겠는데 부적 기억나요, 부적?"

    갑자기 웬 부적 타령인가 싶었다. 우리가 한참 전에 부적 아이템을 기획했던 게 간신히 떠올랐던 나는 팀장에게 기억난다고 답했다.

"내가 10년 동안 그런 일을 얼마나 겪은지 알아요?"

"모르겠는데요."

"모르니까 대호 씨가 그런 거예요, 알았어요?"

뭐가 그렇다는 건지 알 수 없었지만 나는 고개를 끄덕인 채 팀장님 말씀이 맞다고 말하며 그의 빈 잔에다 맥주를 잔뜩 따라줬다. 뜻밖에도 맥주 한잔 같이 하지 않겠냐고 먼저 제의를 한 사람은 팀장이었다. 간만에 평일 초과근무가 없어서 나도 뭔가 허망하고 심심한 기분이 들던 차라 팀장의 제의를 받아들였다. 지금 생각해보면 그땐 조금 정신이 나간 상태였던 것 같다. 아무튼 평소 팀장이라면 정말로 맥주 한 잔만 마시고 갈 거라고 생각했지만, 그날따라 쌓인 게 많았는지 팀장은 한 잔이 아니라 열 잔을 마셨다. 나도 최소한의 보조를 맞춰야 했기에 다섯 잔을 마셨다. 열 잔을 마신 팀장은 평소 나를 어떻게 보고 있는지 허심탄회하게 털어놨는데, 대체로 좋은 평가들은 아니었다. 회사 생활에 전혀 어울리지 못한다느니 아직도 소설가티를 못 벗었다느니 사실은 본부장이 나를 떨어뜨리려고 한 걸 자기가 억지로 붙인 거라느니.

"저는 대호 씨를 사람처럼 살게 하려고 뽑자고 한 거예요. 왜냐하면, 저도 그렇게 살았으니까. 소설만 쓰면서."

나는 넋이 나간 귀신처럼 취해버린 팀장을 물끄러미 바라보며 이렇게 말했다.

"감사합니다."

"정말 감사해요? 그러면 하나만 물어볼게요. 대호 씨는 저를 보면 무슨 생각이 드나요?"

"귀신 같아요."

내가 답하자마자 팀장은 시선을 잠깐 흩뜨리더니 그대로 테이블에다 고개를 처박았다. 팀장이 내 대답을 들었는지 안 들었는지 알 수 없었지만, 내가 그를 집으로 보내야 하는 건 알 수 있었다. 나보다 머리 하나는 더 큰 팀장을 옮기는 건 생각보다 어려운 일이었다. 생각해보니 이것 또한 회사 업무니까 어려운 게 마땅한 것 같았다. 술에 단단히 취해 있던 팀장은 택시를 탈 때도 뭐라 중얼거렸다. 팀장의 혀가 알코올에 잔뜩 절여져서 그런지 제대로 알아들을 수가 없었다. "저처럼 사세요" 인지 "저처럼 살지 마세요"인지 헷갈려서 나중에 그때 뭐라고 하신 거냐고 물어봤다. 당연하게도 팀장은 기억나지 않는다고 답했다. 그때 팀장은 귀신이라기보단 사람처럼 보이긴 했다. 안타깝게도 퇴사 후의 이야기지만.

다음 날 알딸딸한 취기와 함께 출근을 해보니 본부장이 수화기 너머의 누군가에게 노발대발 화를 내고 있는 게 보였다. 엿들어 보니 무당이었다. 굿이 생각보다 효과가 있었던 모양인데, 문제는 우리가 소망한 것이 반대로 이뤄졌다는 것이다. 듣자 하니 코지마 히데오가 며칠 전 공개한 〈死川心中〉의 트레일러 영상이 독일에서 열린 게임 콘테스트 '게임스컴'에서 올해의 기대작 부문을 수상했다고 한다.

이천만 원으로 코지마 히데오의 몰락을 바랐던 본부장이 고개를 절레절레 저으며 말했다.

"원래 살 날리는 굿은 모 아니면 백도라고 하더군."

그 정도 핑계는 뻔뻔하게 대야 굿으로 이천만 원이나 벌 수 있는 거구나 싶었다. 내가 굿의 위력을 제대로 실감하게 된 건 그로부터 얼마 지나지 않은 후의 일이었다.

　때는 역시나 크런치 모드 기간. 4일 연속인지 5일 연속인지, 어쩌면 6일 연속일지도 모르겠다며 날짜를 헷갈릴 정도로 연속된 야근에 시달리고 있을 즈음이었다. 팀장급 중 누군가 야식을 시켰고, 모두 야식을 먹으러 갔을 때 홀로 개발실에 남은 게 화근이라면 화근이었다. 급히 수정해야 할 대사가 있었는데, 지금 와서 생각해보니 그렇게 급히 수정해야 할 필요가 있었나 싶기도 했다.

　"방금 내가 목을 썬 사람, 다찌집 아주머니 아니었어?"라는 대사를 "방금 내가 목을 썬 사람, 국밥집 아주머니 아니었어?"로 바꾸는 작업이었는데, 놀랍게도 바뀌기까지 걸린 시간이 무려 28시간하고 38분이나 됐다. 팀장은 게임 회사의 창작이란 게 원래 그런 법이라고 내게 말했다. 나는 이미 알고 있던 사실이라 별다른 반응을 보이진 않았다. 내가 반응을 보인 건 누군가가 내 어깨를 툭툭 두들겼을 때였다. 마음씨 착한 사우님이 개발실에서 열심히 일하고 있는 나를 위해 피자와 치킨을 가져다준 건가 싶어서 반가운 표정을 잔뜩 지은 채 뒤를 돌아봤는데, 나의 반가웠던 표정은 순식간에 일그러지고 말았다.

"대호 씨 되게 우스꽝스러운 표정을 짓고 있었어
요."

팀장은 기절한 내 모습이 담긴 사진을 보여주며
말했다.

"이걸 왜 찍으셨어요?"

"현장 보존용 증거 사진."

무엇을 위한 증거인지는 굳이 묻지 않았다. 그쯤
의 나는 팀장이 점심 시간이나 저녁 시간마다 밥을 먹는
대신 소설을 슬쩍슬쩍 쓰고 있는 걸 보고 있었으니까.
어쩌면 팀장은 그때부터 이 개발실이 나중에 어느 쪽으
로 굴러갈지 미리 짐작하고 있었을지도 모른다. 어찌 됐
든 그는 글밥이 아니라 게임밥을 먹은 지 10년은 된 사
람이었으니까.

대학생 시절 나는 이런 평가를 숱하게 들었다.

"넌 묘사에 재능이 없어."

그렇다. 난 묘사에 재능이 없다. 때문에 내가 두

눈으로 직접 본 귀신이 어떤 몰골이었는지 자세하게 설명할 자신이 없다. 내 증언을 들은 본부장과 팀장이 다소 의문스러운 표정을 짓는 것도 무리가 아니었다. 내 설명 중에서 본부장이 알아들었던 표현은 이것뿐이었다.

"그러니까, 머리카락이 족히 2미터는 될 것 같은 남자인지 여자인지 모를 귀신이었단 말이지?"

"네."

"이발 비용이 장난 아니겠군."

철 지난 코미디를 보는 것 같은 표정을 짓고 있던 본부장은 나의 재택근무 신청을 반려하는 대신, 먼젓번 팀장에게 그랬던 것처럼 다른 곳으로 외근을 보내기로 했다. 외근 첫날, 팀장은 흡사 입대하는 아들을 바라보는 부모님처럼 말했다.

"조심하세요."

"조심해야 할 곳인가요?"

"많이요."

협박인지 걱정인지 분간이 안 가는 말을 내뱉은 후, 팀장은 내가 없는 동안 그 귀신을 붙잡든지 쫓아내든지 할 것이라고 말했는데 전혀 미덥지 않았다.

나의 외근 장소는 테크노밸리에서 상당히 동떨

어진 곳에 있는 외주업체 사무실이었다. 그곳이 맡은 일은 비중이 낮은 캐릭터들의 디자인이었다. 아무리 개발실의 인원이 많다 하더라도 게임 내 모든 캐릭터를 내부에서 처리할 수는 없었다. 게임 속에서 비중이 낮은 캐릭터들은 대체로 이런 외주업체에 맡겨지곤 하는데, 이곳에서 만드는 건 엑스트라나 다름없는 하급 귀신들이었다. 외주업체의 실장은 내가 사무실에 들어서자마자 살갑게 대해주며 자신의 작업물들을 하나하나 소개해줬다. 그러나 딱히 눈여겨볼 만한 작품은 없었다.

"그래서 제가 뭘 하면 되나요?"

"그쪽에서 저희한테 열다섯 종의 캐릭터 디자인을 새로 맡기셨거든요. 그것들에 대한 설정을 좀 짜주세요."

"언제까지요?"

"오늘까지요."

하루 만에 귀신 열다섯 마리의 설정을 쓰라는 요구사항을 듣고 내가 의아한 표정을 짓자 실장은 작업량이 별로 많지 않을 거라고 손을 절레절레 저으며 말했다. 파이어족 개발자나 사무라이 귀신 그리고 우리 게임에 들어갈 뻔했던 브라기처럼 나름 비중 있는 귀신들과 달리 외주처에 디자인을 맡긴 캐릭터는 이렇다 할 설정이 필요 없는 친구들이었다. 단역이나 다름없는 잡귀들에게 구구절절한 사정이 붙을 이유가 없었기 때문이다.

"저희 설정 작업은 보통 한 줄이면 끝납니다."

"한 줄이요?"

"네. 성별, 나이, 직업, 외모 정도 끼적이는 게 전부죠."

실장은 상당히 늙어 보이는 50세 남자 포수 귀신을 보여줬는데, 설정대로 상당히 늙어 보이는 50세 남자 포수 귀신이었다.

"이런 설정 열다섯 개만 만들어주면 됩니다."

나는 고개를 끄덕인 후, 설정 작업을 하기 시작했다. 작업은 점심을 먹기도 전에 끝났다. 개인적으로 제일 만들기 쉬웠던 설정은 피부가 가무잡잡한 서른두 살 남자 낚시꾼이었다. 피부가 가무잡잡한 서른두 살 남자 낚시꾼 귀신은 퇴근하기 직전 3D 프린터에서 뽑혀 나왔다. 실장은 어리둥절한 표정을 짓고 있는 낚시꾼 귀신을 바라보며 단역으로 쓰기 아까운 캐릭터라고 중얼거렸는데, 그건 나도 마찬가지였다.

"가끔 한 줄짜리 설정에서도 귀한 것들이 튀어나

오는 경우가 있긴 하죠."

"그런가요?"

"네, 저희는 그럴 때마다 신이 내렸다고 말해요."

혹시 그 말을 본부장한테 들었냐고 실장에게 물었을 때, 멍청한 표정을 지은 채 우리의 대화를 듣고 있던 낚시꾼 귀신이 갑자기 욕지거리를 하더니 낚싯대로 난동을 부리기 시작했다. 귀신이 휘두르는 낚싯대를 간신히 피하면서 나는 실장에게 물었다.

"갑자기 왜 저러는 거죠?"

"가끔 저러는 친구가 있습니다. 자기가 게임 캐릭터라는 걸 못 받아들이는 친구 말이죠."

"그럼 어떻게 해요?"

"두 가지 방법이 있습니다. 스스로 진정하길 기다리거나 우리가 직접 진정시키거나."

낚시꾼이 휘두르던 낚싯대로 누군가의 모니터를 낚아 올리더니 그대로 허공으로 던져버렸다. 모니터가 박살 나는 경쾌한 소리를 들은 후, 실장은 사무실 구석에 놓여 있던 골프채 가방으로 달려가며 말했다.

"아무래도 지금은 후자를 택해야겠군요. 손에 들 만한 거 아무거나 찾아보세요."

나는 실장이 시키는 대로 제일 가까이 있던 물건을 손으로 집어 들었다.

🎮

"그래서 키보드를 휘둘렀다고요?"

"네, 한 번 휘두르니까 자판이 잘 튀긴 강냉이처럼 다 튀어 나가더라고요."

내 말을 듣고 팀장은 어이없어하는 표정을 지으며 되물었다.

"어디 다친 데는 없고요?"

"낚싯바늘에 뺨이 살짝 긁혔는데, 다 아물었어요."

팀장은 내 뺨을 물끄러미 바라보더니 다행이라고 말하면서 자신도 처음 외근 나갔을 때 게임 캐릭터가 난동을 부려서 고생깨나 했다고 말했다. 팀장이 주니어 시절*에 맞닥뜨린 캐릭터는 레슬러였다는데, 격투 게임 캐릭터라 그런지 사람을 이리저리 내던져서 한동안 온

---

* 경력 1~3년 차 개발자를 일컫는 말.

몸에 파스를 붙이고 다녔다고 했다.

　"여기선 난동 같은 게 잘 안 일어나잖아요. 가끔 다른 개발실 게임 캐릭터가 들어오긴 하지만. 그런데 외주업체에서는 왜 그런 일이 일어나죠?"

　"장비 문제죠, 뭐."

　팀장은 싸구려 3D 프린터로 게임 캐릭터를 인쇄하면 그런 일이 종종 일어난다고 말했다. 심지어 우리가 계약을 맺은 곳은 제대로 된 라이선스 프로그램을 사용하지 않아서 그런 사태가 일어날 수도 있다고 했다.

　"그래도 많이 일어나진 않아요. 1년에 한 번?"

　"하필이면 제가 간 날이 1년에 한 번 있는 날이었나 봐요."

　"그 무당이 용하긴 하네요. 정말 대호 씨가 귀신이 잘 들러붙는 체질인가 봐요."

　"진짜 귀신도 아닌데."

　"진짜 귀신이 들러붙는 것보단 낫잖아요?"

　그땐 진짜 귀신이 들러붙는 것보다 가짜 귀신들한테 시달리는 게 과연 나은 일인 건가 싶었다. 그러다 막상 진짜 귀신과 마주해보니 정말로 그게 나은 일인 것 같긴 했다.

외근 일정이 끝나갈 무렵, 구태여 그럴 필요는 없었지만 실장은 내게 새로운 경험을 시켜주겠다고 말하며 회사 구석에 있는 녹음실로 날 데리고 갔다. 외주업체의 모든 시설은 허름하기 그지없었는데, 녹음실은 그 가운데에서도 제일 허름한 시설이었다.

"이 녹음실에서 어떤 게임의 소리가 녹음됐는지 아십니까?"

"글쎄요."

실장은 낡은 음향 기기들이 내뿜는 소리가 어떤 게임에 녹아들었는지 친절히 알려줬다. 죄다 모르는 게임들이었다. 내가 어리둥절한 표정을 짓자 실장은 잠깐 실망한 눈치를 보이다가 중요한 건 그게 아니라며 이 녹음실에 얽힌 전설을 하나 알려줬다.

"여기, 귀신이 나와요."

"귀신이요?"

"그것도 진짜 귀신이 나오죠. 저번에 행패 부린 낚시꾼 귀신 말고 진짜 귀신이요."

실장은 무더운 한여름 밤 손자 손녀들에게 무서

운 옛날이야기를 들려주는 할머니 같은 표정으로 이야기를 시작했다.

　그의 말에 따르면 이곳은 원래 연예기획사가 녹음 스튜디오로 사용하던 건물이었는데, 어느 날 갑자기 해당 업체가 계약 기간이 많이 남았음에도 일방적으로 임대 계약을 해지한 다음 다른 곳으로 스튜디오를 옮겼다고 한다.

　"자기들이 녹음한 적이 없는 소리가 흘러나왔기 때문이죠."

　"그 소리가 귀신의 소리겠군요."

　"그렇습니다."

　"어디서 들어본 것 같은 이야기인데요."

　"원래 괴담이란 게 다 그렇죠. 하지만 이 녹음실은 여타 시시한 괴담이랑 다르게 실제로 그 소리를 들을 수 있습니다."

　"귀신의 소리를요?"

　실장은 으스스한 표정을 짓더니 한번 들어보겠냐고 내게 물었다. 어쩐지 께름직한 기분이 들어 나는 그의 제안을 거절했는데, 나중에 팀장은 내 이야기를 듣고 자신은 그 귀신인지 뭔지 하는 소리를 들어본 적이 있다고 얘기해줬다.

"뭐, 그게 진짜 귀신 소리인지 아닌지는 모르겠지만. 고라니 우는 소리랑 비슷하던데요. 대호 씨, 군대에서 고라니 우는 소리 들어본 적 있죠?"

"저 면제인데요."

"그건 좀 부럽네."

구태여 그럴 필요는 없었지만 팀장은 내게 굳이 고라니 우는 소리를 찾아서 들려줬다. 매우 기괴한 소리여서 귀신 우는 소리처럼 들리는 구석이 있긴 했다. 실제로 귀신 우는 소리를 들어본 적은 없지만 말이다.

"어때요?"

"귀신 우는 소리 같은데요."

"귀신 설정 안 떠오르면 나중에 이 소리 들으면서 잠을 자보세요. 그럼 귀신 한 마리가 꿈속에서 튀어나올 거예요."

구태여 그럴 필요가 있을까 싶었지만 나는 한번 해보겠노라고 예의상 팀장에게 말했다. 물론 귀신 우는 소리처럼 들리는 고라니 우는 소리를 들은 것은 그때가 처음이자 마지막이었다.

외근이 끝나자마자 우리 개발실로 낚시꾼 귀신의 데이터가 넘어왔다. 처음엔 단역 귀신이었지만, 본부장은 무슨 흥미라도 동했는지 낚시꾼 귀신을 단순한 잡귀신이 아닌 어느 정도 비중 있는 귀신으로 지위를 상승시켰다. 조금 어이가 없긴 했어도 현실에서 녀석이 휘두르는 낚싯대를 직접 경험해본 나로선 수긍이 가는 부분도 없지 않아 있었다. 잡귀신치고 꽤 위협적인 공격이었으니까. 하지만 팀장은 본부장이 외주업체에서 일어난 사건에 대해 전혀 들은 바가 없다고 내게 말했다.

"그러면 왜 저 잡귀신을 네임드 보스로 올리는 거죠?"

"사실 본부장님 취미가 낚시예요."

"정말 뜬금없네요."

"개발 끝나면 보통 어디 섬 같은 곳에 한 달 동안 틀어박혀서 물고기 수백 마리를 낚으시곤 하죠."

그 말을 듣고 내가 내뱉을 수 있는 말은 "그렇군요" 정도였지만 실은 어떤 종류의 불안함을 감지했고 그 불안함은 일주일 만에 현실이 되어 나타나고 말았다. 팀장이 내뱉은 전혀 뜬금없는 단어를 듣고 내가 내뱉을 수 있는 말은 이것뿐이었다.

"낚시 시스템이요?"

"낚시꾼 친구한테 엄청 꽂힌 것 같아요. 뭐, 취미랑 연관이 있으니까 그럴 수도 있죠."

본부장은 팀장 회의 도중 물귀신을 잡기 위해 낚시를 하는 건 어떠냐고 팀장들에게 물었고, 팀장들은 괜찮을 것 같다고 답했다. 문제는 우리가 만든 귀신 중에 물귀신이 한 마리도 없었다는 것이다.

"만들 귀신이 한참이나 남았는데, 물귀신은 또 언제 만들어요?"

"걱정 마세요."

팀장은 우리가 만들고 있던 귀신들 목록을 쭉 훑더니 이 귀신이랑 저 귀신 그리고 요 귀신이랑 그 귀신을 물귀신으로 만들면 된다고 했다. 죄다 물귀신과 어울리지 않는 친구들이었다.

"대장장이가 왜 물귀신이 되어야 하죠?"

"그건 이제 우리가 생각해야 할 부분이죠."

"이런."

🎮

　우리가 물귀신을 두 마리째 만들고 있을 무렵, 바다 건너 코지마 히데오는 우리 개발실을 엿 먹이기라도 하려는 듯 〈死川心中〉의 실제 게임 플레이 영상을 세상에다 내놓았다.

　오른쪽 엄지손가락의 □ 버튼을 강하게 누른 채, 손목 부분의 RT 버튼을 조금씩 돌리며 돼지의 목을 절단하시오.
　왼쪽 새끼발가락의 △ 버튼을 살살 누른 채, 발을 앞으로 조심스럽게 내딛으시오.

　당연하게도 이런저런 검열 덕분에 실제 돼지의 목이 잘리는 장면이나 작두를 타고 있는 주인공의 발바닥이 썰리는 장면을 제대로 보여주지는 않았다. 피가 사방팔방 튀는 장면만 살짝 보여주지만 인간의 상상력은 충만했기에 〈死川心中〉의 충격적이고 파격적인 게임 플레이 영상은 코지마 히데오에게 호평과 혹평을 동시에 안겨줬다. 물론 그런 평가들이 코지마 히데오에게 큰 영향을 끼치진 않았다. 코지마 히데오는 나이가 들었어도 여전히 코지마 히데오였으니까.

하지만 세상에 그런 코지마 히데오도 어려워하는 것이 있긴 했다. 주인공의 첫 대사와 마지막 대사는 언제나 코지마 히데오의 마지막 숙제였다. 〈데스 스트랜딩〉 때도 그랬고 〈메탈 기어 솔리드〉 때도 그랬으며 심지어 그래픽 8비트의 단순한 그래픽을 가진 레트로 게임 〈스내처〉 때도 그랬다. 허나 이번만큼은 숙제를 푸는 시간이 꽤 길었다. 주제와 배경의 난해함 때문인지 아니면 장르의 특이성에서 오는 불가해함 때문인지는 알 수 없었지만, 이번 플레이 영상에서 코지마 히데오가 만들어낸 주인공은 입도 뻥끗하지 않았다. 주인공이 벙어리냐는 짓궂은 질문에 코지마 히데오는 비겁하지만 깔끔하게 답했다.

"아직 저 친구가 처음에 뭐라고 지껄일지 구상이 안 됐습니다. 처음은 언제나 담대해야 하니까요."

코지마 히데오의 인터뷰 영상을 보던 본부장이 투덜거리며 말했다.

"담대는 무슨. 보나 마나 뻔한 말 지껄이겠지. 세계가 어떻다느니 자기가 어떻다느니 이런 진부한 영화 한 편 아니겠어?"

제 말대로 본부장은 진부한 냄새를 잘 맡는지, 내가 새로 설정을 잡은 물귀신들을 보고 진부하다고 말했다. 그는 어떤 물귀신들이 진부하지 않을지 아주 약간의 예시를 들며 내 이해를 도우려고 했는데, 전혀 이해를 돕지 못했다.

"인체 성분의 70퍼센트는 물이잖아. 그런 물과 관련된 과학적인 예시를 가지고 귀신을 한번 만들어보라는 말이야."

그 말을 듣고 내가 만든 물귀신은 정말로 신체의 70퍼센트가 물이라 전신이 미끌미끌한 귀신이었다. 본부장이 어떤 평가를 내렸는지는 굳이 말하지 않겠다.

낚시꾼 귀신이 다시 우리 개발실에 나타난 건 세 번째 크런치 모드 기간에 들어갔을 때다. 본부장이 직접 손본 낚시꾼 귀신은 설정상 나이가 더 불어난 탓이었는지 예전보다 훨씬 유순해졌다. 청년에서 호호 할아버지가 된 낚시꾼 귀신은 자신의 기다란 흰 수염을 쓰다듬으며 내게 사죄했다.

"지난번에는 죄송했습니다."

키보드로 두개골을 까부순 내가 오히려 더 죄송해야 하는 게 아닌가 싶었지만 나는 순순히 그의 사죄를 받아줬다.

"그런데 여긴 무슨 일로?"

"본부장님이 마무리 설정을 하라고 보내셨습니다."

마무리 설정이고 나발이고 그때는 세 번째 크런치 기간이라 나는 게임 내부의 대사나 설명문 작업을 도맡고 있었다. 그렇기에 실물로 인쇄된 게임 캐릭터와 노닥거릴 시간 따위는 없었다. 나는 팀장에게 작업할 사항이 아직 많이 남았다고 말하면서 곤란한 표정을 지으며 말했다.

"내일 오후에 패키징* 하잖아요. 아직 검수해야 할 대사가 산더미인데."

"대사는 천천히 써도 돼요."

그 말을 처음 들었을 때, 배려인가 싶었지만 나중에 알고 보니 대사는 정말로 그래도 됐다. 대사에 신경

* 생성된 게임 데이터들을 한데 모아 플레이 가능한 파일을 만드는 것.

쓰는 사람이 그렇게나 없었으니까. 나를 끌고 바깥으로 나간 낚시꾼은 좋은 목을 찾았다며 테크노밸리 가운데를 흐르고 있는 금토천으로 향했다.

"좋은 목이라뇨?"

"씨알 굵은 잉어가 잔뜩 있는 곳을 봤습니다."

내가 말릴 틈도 없이 낚시꾼 귀신은 금토천을 향해 자신의 낚싯대를 크게 휘둘렀다. 낚시 금지, 적발 시 몇 년 이하 징역, 얼마 이하 벌금이라고 적힌 표지판이 민망할 정도였다. 정말 귀신이 있다면 저런 게 아닐까 싶었다.

경찰의 조사는 생각보다 일찍 끝났다.

"게임 캐릭터에겐 공소권이 없으니까요. 아직까지는."

형사의 말을 들으니 먼젓번 브라기가 실종됐을 때가 떠올랐다. 그때도 경찰들은 조사를 대충대충 했고, 결국 브라기를 찾은 건 나였다.

"그러면 게임 캐릭터가 살인을 저지르면요?"

"삭제하면 되죠. 따지고 보면 그게 사형 아닙니까?"

형사는 키보드를 두들기며 나의 인적 사항을 묻기 시작했다. 집으로 약식명령 처분을 알리는 우편이 배달된 건 내가 3일 동안 집에 들어가지 못했을 때였다.

입사했을 때부터 때려치워야겠다는 생각을 종종 했지만, 그 생각이 명확해진 건 세 번째 크런치 모드 기간이었을 때다. 물귀신도 그렇고 낚시꾼도 그렇고 약식명령도 그렇고 회사 안팎으로 모든 게 힘겨웠다. 하지만 그렇다고 대놓고 힘든 티를 내진 못했다. 모든 면에서 무뚝뚝했던 팀장을 보면 내가 얼마나 나약한 인간인지 깨달았다. 물론 팀장도 가끔 한숨을 쉬곤 했다. 가뭄에 콩이 날 정도로 드물긴 했지만. 솔직히 그런 모습 때문에 팀장은 종종 귀신보다 더 귀신 같은 사람처럼 보이곤 했다. 그리고 그렇게 생각하는 사람은 나뿐만이 아니었다.

언제 했던 회식이었는지 정확히 기억이 나지는

않지만, 3차를 가볍게 뛰어넘을 정도로 전혀 합법적이지 않은 시간이었던 것만은 똑똑히 기억한다. 그때 만취한 본부장은 자신과 독대하던 팀장에게 자신이 느끼는 바를 가감 없이 드러냈다.

"시나리오 팀장은 전혀 글 쓰는 사람 같지 않아."

"어째서죠?"

"아무 감정이 없는 것처럼 보여. 글 쓰는 사람이 그래도 돼?"

"지금 전 글 쓰는 사람이 아니니까요."

본부장이 팀장의 답변에 진의를 알게 된 건 4차 자리였고, 3차 때보다 더욱 만취했던 본부장은 노발대발하며 팀장의 머리에 소주를 들이부었다.

"너 이 새끼, 내가 우스워?"

다음 날, 아무렇지 않은 표정을 지은 채 출근하는 본부장도 충분히 무서웠지만 그보다 더 무서운 건 아무렇지 않은 표정을 지은 채 열심히 키보드를 두들기고 있던 팀장이었다. 내가 팀장에게 간신히 질문을 던진 건 점심 식사를 하고 있을 때였다.

"팀장님, 괜찮으신가요?"

그는 숟가락으로 묵묵히 된장찌개를 퍼먹으며

답했다.

"괜찮아요."

그 대답을 듣고 이게 사람인가 귀신인가 싶었는데 그날 팀장이 작업한 설정들을 보니 팀장도 사람이 맞았구나 싶었다. 그는 시나리오 팀장답게 설정으로 자신의 힘든 티를 냈다.

이름 : 원소전

직업 : 주정뱅이 귀신

나이 : 50세 전후

키 : 170cm

몸무게 : 70kg

출몰 지역 : 마을 다찌집

공격 패턴 : 취권, 술 끼얹기

스토리 : 한때 마을의 명망 높은 유지였던 자. 그러나 잇따른 사업 실패로 알코올 중독에 시달리게 됐고, 자괴감과 술에 취한 채 휘두른 폭력으로 친지들과도 멀어지게 된다. 결국 간암과 세상에 대한 억하심정으로 사망하게 된 그는 술에 만취한 원혼이 된 채, 마을을 떠돌며 지나가는 행인에게 소주를 끼얹고 시비를 걸곤 한다.

팀장이 짠 설정에는 구멍이 한두 가지가 아니었다. 일단 다찌집이라는 게임 속 장소는 국밥집으로 변경됐고, 술 끼얹기라는 공격 패턴은 그날 그 자리에 있던 사람이라면 단번에 누군가를 떠올릴 단서였다. 말하자면, 게임이 더 이상 게임으로 남지 못하게 된다는 얘기였는데 다행인지 불행인지 이 설정이 본부장 앞까지 가는 일은 없었다. 팀장이 정리해고 대상이 돼버리고 말았으니까.

🎮

세 번째 크런치가 끝나자마자 열린 전체 회의 때 본부장은 굳은 표정을 지으며 정리해고가 있을 거라고 우리에게 알렸다. 당연히 호의적인 반응은 나오지 않았다. 평소대로라면 질문조차 하지 않았을 사람들도 이런 질문을 할 정도였으니까.

"정리해고 기준이 뭐죠?"

"인사 평가 AI가 판단해줄 겁니다."

"자리 안내 메시지만 전해줬던 놈 말인가요?"

얼굴도 보지 못한 인공지능이 자신들의 모가지

를 결정한다는 말에 대다수의 팀원은 반발했지만, 본부장이 할 수 있는 대답은 뻔한 것뿐이었다.

"저도 평가 대상입니다."

누군가가 야유했지만 곧 웅성거림에 묻히고 말았다. 나는 그 혼란스러운 와중에 금토천이 내다보이는 창밖을 슬쩍 내려다봤다. 게임 캐릭터는 정리해고 대상이 아니었는지 낚시꾼 귀신이 금토천에 유유히 낚싯대 하나를 드리우고 있었다. 그 모습을 보니 처음으로 게임 캐릭터가, 아니 귀신이 부러웠다.

신입 PM은 입사한 지 3일 만에 중책을 맡았다. 그는 해고 대상자들과 고용 유지 대상자들에게 결과를 통보해야만 했는데, 듣기만 해도 골치가 아픈 일이었다. 고심 끝에 그가 내린 결론은 '두 번만 부르기'였다. 첫 번째 그룹이 우르르 대회의실로 몰려갔다 오자 곧이어 두 번째 그룹이 우르르 대회의실로 몰려갔다. 두 그룹의 분위기가 극과 극이었다는 건 굳이 말할 필요가 없을 것 같고, 본부장이 두 그룹 중 어느 그룹에도 불려 가지 않았다는 사실도 굳이 말할 필요가 없을 것 같다. 그리고 팀장과 내가 서로 다른 그룹으로 불려 갔다는 사실도.

PM과 면담이 끝난 팀장에게 무슨 말을 꺼내야

할지 몰라서 입을 다물고 있었는데, 뜻밖에도 팀장이 먼저 말을 걸어줬다.

"대호 씨는 계속 다니는 거죠?"

"아마도요?"

그때 팀장이 축하한다고 말했는지, 고생하라고 말했는지는 기억나지 않지만 표정만큼은 똑똑히 기억났다. 무표정하고 시큰둥했던 팀장이 유일하게 표정을 지었기 때문이다. 사람이 아니라 귀신조차도 도저히 못 지을 것 같은 표정이었는데, 상당히 기괴하고 낯설었다. 그 표정에서 나는 어떠한 감정도 느끼지 못했다.

팀장은 무덤덤하게 덧붙였다.

"유예기간은 한 달이라고 해요. 그 이후로는 얄짤없이 퇴사 처리가 될 거라고 엄포를 늘어놓던데, 알고 보니 그 말을 하던 PM 팀장도 퇴사 예정자더군요."

그 모습을 보고 있자니 어쩐지 내가 더 무안해져서 아무 질문이나 던졌다. 그중에는 충분히 실례될 수 있는 질문도 있었다.

"혹시 이직하실 곳은 있으신가요?"

"아뇨."

팀장은 10년 전에 접어뒀던 소설이나 다시 쓸 것

같다고 무덤덤하게 말한 후, 열심히 귀신 설정을 두들기기 시작했다.

"저번에 점심 시간 때 소설 쓰시는 거 봤는데."

충분히 불쾌할 만한 말이었지만 팀장은 무덤덤하게 말했다.

"그런 거 보실 시간에 설정이나 더 짜두시죠."

아직 우리가 설정을 짜야 할 귀신이 마흔 종이나 남은 상태였다. 팀장의 퇴사까지 한 달 정도 남은 상태이기도 했다. 다른 업계는 어떤지 모르겠지만 게임 회사에서의 한 달은 순식간이었다.

낚시꾼 귀신이 진짜로 씨알 굵은 잉어를 내민 것은 작업해야 할 귀신의 양이 스무 종으로 줄어든 후였다. 어째선지 모르겠지만 개발자들은 귀신 캐릭터보다 바닥 위에서 팔딱거리는 잉어를 더 무서워했다. 개발실에 있었던 그 누구도, 심지어 본부장조차도 그 잉어에게 감히 다가가지 못했다. 결국 그 잉어를 치운 사람은 청소부 여사님이었다.

"귀신 게임 만든다는 사람들이 왜 고기를 무서워 하는지, 쯧."

청소부 여사님의 힐난 같은 혼잣말에 본부장은 발끈하며 답했다.

"그건 귀신이 아니잖아요."

여사님은 낚시꾼 귀신을 가리키며 물었다.

"저건 귀신입니까?"

"귀신이죠."

"저건 귀신이 아니에요. 귀신은요, 아무 생각 없이 돌아다녀야 하죠."

여사님은 고개를 절레절레 저으며 개발실 바깥으로 나갔고 본부장은 "뭐라는 거야"라며 혼자 투덜거렸다. 그 광경을 보고 있자니 어쩐지 내가 귀신이 된 것 같은 기분이 들었다. 낚시꾼 귀신이 내 어깨를 붙잡고 흔들지 않았다면 정말 귀신이 됐을지도 모른다.

"이제 게임에 들어가야 할 시간입니다."

"그렇군요. 이제 게임으로 들어가면 낚시는 못 할 텐데, 괜찮으실까요?"

낚시꾼 귀신은 대답하지 않고 무덤덤한 표정을 짓더니 게임 속으로 데이터를 이식시키는 커밋 머신을 향해 걸어갔다. 그가 떠난 자리에 남은 것은 낚싯대 한 자루뿐이었다.

마침내 출근해보니 옆자리에 남아 있는 게 키보드 하나뿐인 날이 다가왔다. 한 달이 벌써 지나간 것이었다. 먼지만 덩그러니 놓여 있는 책상을 바라보며 이런저런 생각을 하고 있을 때, 본부장이 나를 호출했다.

"대호 씨 경력이 그렇게 길지 않으니까 팀장 달아주기는 좀 그렇고, 파트장을 달아주도록 할게."

타 회사 계약직 기간까지 합쳐도 나의 경력은 3년도 안 되었기에 당연한 처사였다.

"그런데 저희 팀……."

"파트."

"네, 저희 파트에 다른 직원이 들어올 일이 있나요?"

"없어. 그러니까 대호 씨를 파트장 시키는 거지."

본부장은 열심히 해보라고 말한 뒤, 업무를 시작하라고 말했다. 본부장 사무실에서 나온 뒤 직책이 올랐으니 연봉도 오를까 하는 의문이 불현듯 들었는데, 그 의문은 급여일이 되어서야 해결됐다. 연봉 협상은 아직도 머나먼 날의 이야기였고, 어쩌면 연봉 협상이란 걸 사는 동안 해보지도 못할 것 같다는 생각조차 들었다.

팀장은 놀랍게도 한 달이라는 시간 동안 경이로운 작업량을 내놓았다. 덕분에 내가 출시 전까지 쳐내야 할 작업량은 귀신 열 종으로 줄어들었다. 그렇다고 해서 작업 시간이 줄어들거나 하진 않았다. 팀장이 없으니 캐릭터 콘셉트를 새로 짤 때마다 본부장에게 직접 보고 하러 가야만 했는데, 내가 제일 많이 들었던 말은 이것이었다.

"다시."

이대로 가다간 다시마 귀신이 되거나 다시마 귀신을 만들 것 같다는 생각이 들 정도로 다시라는 단어를 귀에 못 박히게 들었다. 다행히 내가 다시마 귀신이 되거나 게임 속에 다시마 귀신이 생기는 일은 없었지만, 막상 다시마처럼 기다란 머리카락을 가진 귀신을 다시 마주했을 땐 전혀 다행이라는 생각이 들지 않았다. 귀신을 보는 것에도 내성이라는 게 있는지 보자마자 까무러친 저번과 달리 이번엔 혈압만 살짝 높아진 것 같았다. 나는 밀려오는 핏기 사이로 간신히 숨을 내뱉으며 귀신에게 물었다.

"너, 뭐야?"

귀신은 대답하지 않았다.

"여기서 뭐 하고 있어?"

그러자 귀신은 본부장 자리에 가서 VR 기기를 끄집어내더니, 그걸 자신의 머리 위에 푹 눌러쓴 다음 〈Project G〉를 플레이하기 시작했다. 그제야 나는 그 귀신의 정체가 무엇인지 알 수 있었다.

"어쩌다 그렇게 된 거야?"

귀신은 내 질문에 대답하지 않고 묵묵히 게임을 계속 플레이했다. 나는 그렇게 게임을 플레이하는 귀신을 놓아둔 채, 개발실에서 슬그머니 빠져나왔다.

안타깝게도 귀신이 달밤에 게임하는 것을 본 사람은 나뿐만이 아니었다. 귀신을 또 봤다는 보고를 본부장이 받았을 때, 혹시 그가 출시 날짜를 미루지 않을까 싶었다. 하지만 그는 출시일을 미루는 대신 무당을 다시 한번 불렀다. 부적, 굿 다음은 무엇일지 궁금했는데 이번에 무당이 들고 온 소품은 의외로 소소한 것이었다. 본부장의 책상 위로 햅쌀을 흩뿌리며 무꾸리*를 하던 무당은 고개를 절레절레 가로저으며 이렇게 말했다고 한다.

"다시."

본부장은 황당한 표정을 지으며 되물었다.

"다시라니, 날짜를 다시 잡으라는 건가요?"

"맞아."

"하지만 그럴 수 없는데."

"그럴 수 없으면 망해야지."

본부장은 무당에게 심각히 고려를 해보긴 하겠다고 말했는데, 결국 출시일이 바뀌지 않은 걸 보면 심각하게 고려한 건 아닌 모양이었다. 무당이 떠난 후, 지출 품의서에는 새로운 내역이 뒤따라 올라왔다.

구매 물품 : 쌀알 스물여덟 점

구매 목적 : 식사용

* 던져진 쌀알의 모양새로 미래의 길흉화복을 점치는 행위.

구매 단가 : 1,000,000원

쌀알 스물여덟 점을 먹은 사람이 누군지는 모르겠다. 아마 본부장이 먹었을 가능성이 제일 높다. 그것도 아니라면 우리의 여사님이 누가 여기다 밥알을 흘렸어, 하면서 치웠을지도 모른다. 그게 백 원짜리든 백만 원짜리든 여사님에게는 상관없었다. 개발실에서 여사님의 발밑에 있는 것 대부분이 치워야 할 쓰레기였으니까.

한때 게임 시장을 CD라는 매체가 지배하던 시절이 있었다. 게임을 구입하면 바로 다운로드를 받을 수 있었던 지금과 달리, 그 시절의 게임은 출시되기 전 양산을 위해 공장에다 복사용 최종본 CD를 보내곤 했다. 최종본 CD의 색깔이 대체로 금색이라 게임 제작 완료 단계를 '골드행'이라고 일컫는다. 물론 요즘 CD를 볼 수 있는 곳은 박물관 같은 곳뿐이라 실제로 금색 CD를 공장에 보내거나 하는 일은 없지만 게임업계 사람들은 골드행을 상징적인 단어로 여전히 애용하는 중이다. 하지만 본부장은 고작 상징에서만 그칠 생각이 없었던 모양이다.

"진짜로 한정판 특전용으로 금색 CD를 만들 거야. 금이 무속적으로 제일 길한 광물이거든."

"요즘 CD 쓰는 사람도 없잖아요."

"그래도 진짜 금박을 입힌 CD라면 사는 사람이 있겠지."

내가 의아한 표정을 짓자 본부장은 복돼지나 금두꺼비 같은 거라고 말했다. 무당이 상품을 금색으로 팔아먹어야 성공할 수 있다는 점지를 내렸다는 걸 알게 된 건 그로부터 꽤 나중의 일이었다.

팀장에게 전화가 걸려 온 것도 그로부터 꽤 많은 시간이 흐른 후였다. 우리 게임이 막 출시가 된 무렵이라 팀장은 축하부터 해줬는데, 솔직히 축하받을 만한 일인가 싶었다. 우리 게임이 코지마 히데오의 〈死川心中〉보다 유일하게 앞섰던 것은 스팀 상품 페이지에 달려 있는 부정적 평가의 개수뿐이었다.

👎 비추천(플레이 시간 3.1시간)

게시 일시: 2034년 2월 17일

완전 엉망이에요. 진짜 엉망이에요. 이렇게 쓰레기 같은 게임은 해본 적이 없어요.

👎 비추천(플레이 시간 4.1시간)

게시 일시: 2034년 3월 22일

대변 같다.

👎 비추천(플레이 시간 2.7시간)

게시 일시: 2034년 4월 1일

34년에 정체를 알 수 없는 괴작이 올라왔다⋯⋯.

👎 비추천(플레이 시간 5.7시간)

게시 일시: 2034년 4월 22일

그저 음해를 하기 위해 태어난 게임. 이 게임은 자신들이 코지마 히데오를 앞섰다고 주장하기 위해 개발된 게임이다. 고작 칠십 먹은 노인네를 이기기 위해서 말이다. 그래서 모든 게 엉망진창이다. 게임의 전체적인 퀄리티는 회사에서 만든 것치고는 대학교(혹은 대학 산하 평생교육원)의 게임학과 저학년 프로젝트 수준의 완성도를 보여주고 있다. 정말 참담하다.

👎 비추천(플레이 시간 7.7시간)

게시 일시: 2034년 5월 6일

한국 게임은…… 서비스 종료다…….

"저도 대충 그런 부정적 평가를 남겼죠."

"어쨌든 우리 게임을 사주셨네요."

"망하긴 했지만 우리가 만든 게임이니까요."

군이 무당에게 찾아가 점을 쳐도 되지 않을 정도로 우리 게임이 망할 것은 명명백백했다고 말하던 팀장은 이런 시시한 이야기를 하려고 전화를 건 게 아니라면서 혹시 이직 생각이 있냐고 단도직입적으로 물었다. 나는 팀장에게 솔직히 말했다.

"아직은 생각 없어요."

"그렇군요. 아쉽네요."

"하지만 취직 생각은 있죠."

"역시나 구조조정이 있었나 보군요. 그런데 저도 지금 취직 준비 중이에요."

"왜 물어보신 거예요?"

"경쟁자인지 아닌지 알아보려고요."

당연히 구조조정이 있을 수밖에 없었던 게, 우리

의 게임 〈Project G〉는 적어도 백만 장은 팔아야 손익분기점을 간신히 넘길 정도로 제작비가 대단했지만, 정작 판매량은 백만 장은커녕 십만 장도 넘기지 못할 만큼 대단하지 못했다. 한 차례 구조조정이 있은 뒤로 망령처럼 늘어나던 빈자리의 수는 역병에 감염된 사람처럼 더 늘어났고 나도 그때는 피하지 못했다.

"회사원은 누구나 잘리죠."

"그렇더라고요."

그때는 어쩐지 팀장의 목소리에서 무덤덤이 아니라 쓸쓸함이 느껴졌다. 내 착각일지도 모르겠지만.

팀장을 다시 만난 곳은 공교롭게도 테크노밸리였는데, 테크노밸리에 직장도 없는 우리가 테크노밸리에서 만난 이유는 우리의 중간 지점이었기 때문이다.

"그러고 보니 대호 씨가 어디 사는지도 모르고 있었네요."

"여기서 열차로 두 정거장 떨어진 곳에 살고 있어요."

"좋은 곳에 살고 있군요."

"제 집은 아니에요."

"그러시겠죠."

테크노밸리의 몇 번째 스타벅스인지 모르겠지만, 어쨌든 우리는 테크노밸리 스타벅스에 마주 앉아 시시한 대화를 늘어놓고 있었다.

"코지마 히데오 게임은 해봤어요?"

"그것 때문에 망한 것 같아서 안 해봤어요."

"그것 때문에 그 게임이 망했을 리가 없지만, 좋은 정신 승리예요."

놀리는 기색이 전혀 없었어도 어쩐지 놀리는 것 같아 썩 기분이 좋지 않았다. 팀장은 언젠가 기회가 된다면 코지마 히데오의 〈死川心中〉을 해보라고 권하면서 본인은 한 편의 공포 영화를 보는 것 같은 기분이 들었다고 덧붙였다. 화장실에서 게임 캐릭터를 바라보고 기계적인 비명을 지른 사람의 평이었던지라 믿음직스럽진 않았다. 하지만 팀장의 다음 말은 믿음직스러웠다.

"소설을 쓸 거예요."

"회사에서 잠깐씩 쓰시던 그 소설인가요? 드디어 한국의 스티븐 킹으로 돌아가시는군요."

"네, 그래서 허락을 받으려고 대호 씨를 만난 거예요. 공포 게임을 개발하는 개발실을 배경으로 쓸 거니까요."

"그건 한국의 스티븐 킹답지 않네요."

팀장은 우리 개발실에서 벌어졌던 일을 바탕으로 공포 소설을 하나 쓸 거라고 말하며 나를 자신의 소설에 등장시켜도 되냐고 허락을 구했다. 나는 오랫동안 소설을 쉬고 게임 회사를 다닌 사람이 소설을 잘 쓸 수 있을지 우려스러웠지만 일단 허락은 해줬다.

"그런데 그건 소설이 아니라 수필이나 에세이, 르포 같은데요."

"회사에서 오래 일하다 보니 소설 쓰는 법을 까먹어서 소설 비슷한 글이나 쓰려고 하는 거죠. 본부장한테도 허락받으려고 했는데 전화를 안 받더라고요. 그래서 그 양반은 그냥 쓰려고요. 어차피 내 책 사 보지도 않을 테니까."

"그 아저씨는 여전히 회사를 다니고 있어요."

"다른 직원들은요?"

"저희랑 다를 바가 없겠죠."

"귀신같은 존재가 됐군요. 저번에 무당이 그러던

데. 귀신은 자신이 귀신이 된 줄 모르고 배회한대요."

"본부장처럼요?"

팀장은 쓸쓸한 커피를 마신 다음 쓸쓸한 표정을 지으며 말을 끝맺었다.

"아니요, 우리처럼."

그 말을 듣고 보니 나도 소설 쓰는 법이 가물가물했다. 소설에 관한 기억은 어느새 전생의 기억만큼이나 멀어져 있었다. 첫 문장을 쓰는 법에 대해 떠올리려고 했지만, 떠오르는 것은 코지마 히데오의 말뿐이었다.

'아직 저 친구가 처음에 뭐라고 지껄일지 구상이 안 됐습니다. 처음은 언제나 담대해야 하니까요.'

아무래도 예전의 나는 지금의 나와 달리 담대했던 모양이다.

집에 와서 낡아빠진 VR 기기를 끼고 얼마 안 되는 퇴직금으로 〈死川心中〉을 구입한 다음 실행 버튼을 꾹 눌렀는데, 내가 볼 수 있는 건 "호환되지 않은 VR기기입니다"라는 메시지뿐이었다. 아무래도 최신 게임이라 내가 갖고 있는 10년 전 VR 기기로는 실행하지 못하는 모양이었다. 돈만 날린 셈이었다. 유튜브를 뒤적이니 게임 스트리머들이 플레이하는 영상이 잔뜩 나왔다. 그중 평소에 가끔 보는 스트리머를 골라 클릭해봤는데, 영상 시작부터 비명이 들려왔다.

"이게 대놓고 무서운 게 아니라 은은하게 무서워서 더 무서운 것 같네요. 무슨 느낌인지 아시죠? 귀신의 실루엣만 보여주는 것만으로 공포감을 조성하고 있는데……."

너무 입바른 소리만 해서 뭔가 했는데, 나무위키에 의하면 이 스트리머는 코지마 히데오의 극성 지지자였다. 뒤로 가기 버튼을 누르고 다른 스트리머들의 플레이 영상을 열 편 정도 더 감상했다. 심심할 때마다 코지마 히데오를 폄하하던 본부장 덕분인지 나는 코지마 히데오의 게임이 심히 지루하다는 느낌을 지울 수가 없었다. 한편으로는 내가 만든 게임이 이런 지루한 게임보다 더 재미없었나 싶기도 했다. 마지막 날, 본부장은 내게 심히 유감이라고 말했는데 진심인 것처럼 보였다. 그건 나름대로 무서운 사실이었다. 아무래도 그는 자신의 프로젝트가, 우리의 프로젝트가 진지하게 성공할 거라고 생각했던 모양이다.

"아쉽지만 어쩌겠어. 대중이 못 알아봐주는 걸."

정리해고당하는 마당이니까 본부장의 그 어이없
는 말에 귀신도 못 알아볼 거라고 답하고 싶었지만, 애
초에 그런 말을 할 수 있는 성격이었으면 귀신들이 반려
당할 때도 뭐라고 했었을 것이다. 나는 묵묵히 고개를
끄덕이며 본부장을 따라 대중을 욕했다.

"그러게나 말이에요."

내가 내뱉은 말이었지만 그때는 어쩐지 귀신이
된 것 같은 기분이 들었다. 본부장이 그새 새로운 팀을
꾸렸다는 풍문을 들었을 때도 마찬가지였다. 이도 저도
아무것도 아닌 망령이 된 것 같은 기분을 느낀 내가 할
수 있는 거라곤 싸구려 발포주를 마시는 것뿐이었다. 발
포주의 허황된 맛은 채 10초도 가질 않았다.

팀장의 새 소설이 도착한 건 내가 발포주를 백 캔
정도 마신 후였다. 한국의 스티븐 킹이었다는 팀장의 신
작 소설에서 스티븐 킹다운 부분은 짧은 집필 시간뿐이

었다. 개인적인 감상을 말하자면 이건 소설보다는 수필에 가까운 이야기였다. 그 개발실에 있던 사람이 본다면 누구나 자신들의 이야기라는 걸 알 수 있을 테니까. 어떤 게임 회사에서 귀신이 나오는 게임을 제작하던 중, 개발자들이 진짜 귀신인지 가짜 귀신인지 모를 것들과 맞닥뜨리고 결국 게임이 망하고야 마는 식의 줄거리는 현실과 약간의 차이가 있긴 했지만 말이다. 게임 회사 인사 팀으로부터 우리와 함께 일하지 않겠냐는 제안을 받았다는 첫 문장부터 시작해 "여전히 수많은 망령은 테크노밸리 이곳저곳을 배회하고 있었다"라는 마지막 문장까지 전부 읽는 데 걸린 시간은 불과 168분이었다. 공교롭게도 내가 마지막 문장을 보고 책장을 덮을 때 팀장으로부터 전화가 걸려왔는데 이쯤 되면 정말 귀신 같은 사람이라고 할 수 있을 것 같다.

"어때요?"

"짧은 거 같은데요."

"귀신 얘기 길게 하면 안 좋다고 하네요."

"누가요?"

"무당이요."

"그럼 설득력 있군요."

팀장은 개발실에서 쫓겨나다시피 한 후 무당을 찾아간 적이 있다면서 내게 그 사연을 들려줬다. 별로 인상 깊은 사연은 아니었다. 무당이 여전히 나를 가리키며 귀신을 불러올 상이라고 말한 것만 빼면.

　　"팀장님이 잘린 거랑 우리 게임 망한 게 꼭 저 때문인 것처럼 들리네요."

　　"귀신 들린다고 전부 망하는 건 아니죠."

　　무당으로부터 들었는지 팀장은 귀신 보고도 망하지 않은 사례를 속속들이 짚어줬는데, 그 사례들은 대체로 90년대 댄스곡들이었다. 90년대 댄스곡들은 웬만하면 망하지 않았으니까 적당한 사례라고 보기 어려웠지만 구태여 그 사실을 지적하진 않고 다른 걸 지적했다. 나는 마지막 문장 너머에 적혀 있는 작가의 말 일부를 콕 찍어 팀장에게 물었다.

　　"그런데 정말 그때 개발실에 있던 모든 사람에게 소설을 보낼 거예요?"

　　"이미 보냈어요."

　　"본부장한테도요?"

　　"당연히 보냈죠. 그런데 반송시키더라고요. 코지마 히데오와는 다르게."

"갑자기 코지마 히데오요?"

"어쨌든 제 소설에 이름이라도 조금 나오긴 하잖아요. 그리고 그 양반 한국 소설 좋아해요."

"이건 한국 소설이 아닌 것 같은데."

"칭찬으로 받아들이죠."

팀장은 정말로 바다 건너 코지마 히데오에게 자신의 책을 보냈다면서, 그가 정말로 그 책을 읽을지 안 읽을지는 모르겠다고 말했다.

"일본어로 번역된 건가요?"

"한국어인데요."

"그럼 못 보겠네요."

"요즘 번역기가 얼마나 좋은데요."

번역기 타령을 하던 팀장은 갑자기 혹시 아직 직장을 구하는 중이냐고 내게 물었고, 나는 여전히 직장을 구하는 중이라고 답했다. 내 말을 듣고 팀장은 몇몇 게임 회사들의 이름을 읊어주며 이곳들이 채용을 진행 중이니 한번 지원해보라고 말했다.

"게임 회사는 다시 가고 싶지 않은데요."

"대호 씨, 우리 같은 사람은 다른 데 못 가요. 프로그래머도 아니고 디자이너도 아니니까."

"그런가요?"

"그죠. 나라고 다른 데 안 가고 싶겠어요? 이번에 책 쓴 것도 그냥 분위기 전환에 불과해요. 결국 우리는 게임 회사로 돌아가서 시시한 설정 작업이나 해야 할 운명이에요, 먹고 살려면."

"안 먹고 살려면요?"

"그럼 진짜 아귀가 되겠죠."

간만에 무덤덤한 팀장의 말을 듣고 있으니 어쩐지 허망한 기분이 들었다. 그 기분을 떨치기 위해 나는 팀장이 추천한 회사들에 입사 지원을 하고 말았다. 총 다섯 군데였고, 전부 게임 시나리오와 관련된 직군을 모집하는 전형이었다. 게임 시나리오가 필요한 게임 회사는 예나 지금이나 많았다. 문제는 취직을 하기 전이나 취직을 한 후나 그들이 원하는 게 정말로 게임 시나리오인지 아닌지 알 수 없다는 점이었다.

"여긴 〈메탈 기어 솔리드〉 해본 사람을 모집하네요. 코지마 히데오가 되고 싶은 사람이 왜 이렇게 많은 건지."

"대호 씨, 학교 다니면서 소설 쓰실 때 무라카미 하루키 소설 보신 적 있죠?"

"봤죠."

"그런 거예요."

정말 그런 거 같아 달리 할 말이 없었다.

게임 회사 인사 팀의 인공지능으로부터 2차 면접에 응하지 않겠냐는 제안을 받았다. 그때는 결과를 기다리는 곳이 한 군데도 없었고, 저번 직장에서 받았던 돈이 전부 바닥났기에 나는 그들의 제안을 수락할 수밖에 없었다. 내 이력서를 훑어보던 면접관은 〈Project G〉라는 글자를 보자마자 딱한 표정을 지으며 내게 말했다.

"이거 망한 게임이네요."

맞는 말이라 나는 고개를 끄덕일 수밖에 없었다.

"듣기로 돈깨나 깨졌다고 하던데."

"돌팔이 무당한테 부적을 오백만 원이나 주고 구입했었죠."

"저런."

알고 보니 면접관은 〈Project G〉의 본부장과 함께 일한 적이 있는 사람이었다. 면접 자리는 어느샌가 본부장의 뒷담화를 하는 자리로 바뀌었는데, 감히 코지마 히데오와 대적하려고 했던 멋모르는 몽상가라는 평가를 듣고 내가 할 수 있는 건 맞장구를 치는 것뿐이었다.

"듣고 보니 다음에도 호러 게임을 만든다고 하던데."

"그렇다고 하더군요."

"그런 녀석이 게임을 계속 만드는 것도 호러예요, 호러."

본부장에 대해 나쁜 기억이 있었는지 잠깐 그를 힐난하던 면접관은 자신들이 만들던 게임에 대해 설명하기 시작했다.

"저희 게임은 〈메탈 기어 솔리드〉 시리즈의 정신적 후속작이에요. 우리나라 게임 중에 여태껏 이런 게임은 없었죠. 사실 한국뿐만이 아니라 코지마 히데오가 재미도 없는 디스토피아, 호러 쪽으로 넘어가버리고 완전히 사장된 장르긴 하죠. 그나저나 코지마 히데오는 〈死川心中〉 끝나고 뭐 하고 있지?"

면접관은 다른 면접관에게 질문했지만, 다른 면접관도 아는 바가 없는지 고개를 절레절레 저었다. 면접관은 헛기침을 몇 번 한 후, 다시 내게 질문을 던졌다.

"혹시 〈메탈 기어 솔리드〉 해본 적 있으신가요?"

내가 고개를 끄덕였는지 저었는지는 아직도 기억이 나지 않는다. 이제 와서 그게 무슨 의미가 있을까싶긴 하지만.

면접관은 내가 채용되면 앞으로 해야 할 일에 대해 간략히 알려줬다. 내 업무를 요약하자면 다음과 같았다. 게임 내 등장하는 모든 요소의 설정을, 특히 주인공이 수행해야 할 첩보 작전들을 '맛깔나게' 만드는 것. 그러기 위해선 〈메탈 기어 솔리드〉 시리즈를 구작부터 신작까지 모조리 플레이해봐야 한다고 명령하듯 말했다. 어쩐지 기시감이 들었던 나는 면접관에게 예전에 했던 일과 비슷한 것 같다고 말했다. 그러자 면접관은 시큰둥하게 답했다. 내가 아주 오래전에 들었던 그 말을.

"게임 회사 일이 다 그렇죠, 뭐."

그 말을 듣고 내가 할 수 있는 말은 예전이나 지금이나 없었다.

면접이 끝난 후, 딱히 갈 곳이 없던 나는 테크노

밸리를 정처 없이 배회했다. 테크노밸리의 길거리에는 망령들로 가득했다. 발을 질질 끌며 돌아다니던 망령들은 〈센과 치히로의 행방불명〉에 등장했던 가오나시처럼 팔다리가 뭉뚱그려지고 몸통이 새까매지고 있었다. 그들은 통통한 맨발을 길바닥 위에 질질 끌며 혼란스러운 표정으로 이 회사 저 회사를 올려다보고 있었다. 어떤 망령은 게임 캐릭터였고 어떤 망령은 게임 개발자였으며 또 어떤 망령은 어디서 굴러먹다 왔는지 파악이 안 되는 자들이었다. 망령들은 회사에서 회사로, 또다시 회사에서 회사로 발을 움직였다. 그들이 머무는 시간은 그렇게 길지 않았다. 면접을 본 지 정확히 10분이 지났을 때, 전화벨이 울렸다.

"여보세요."

"내일부터 출근하시죠."

내가 할 수 있는 대답은 하나뿐이었다.

"감사합니다."

전화를 끊고 나니, 어느새 내 손은 다른 망령들처럼 흐물흐물해져 나도 다른 망령들을 따라 이곳저곳 배회하였다. 처음엔 내가 다른 망령들을 따라다니는 줄 알았는데 마지막 걸음을 떼고 보니 다른 망령들이 나를 따라오는 게 보였다. 오래전, 무당이 내게 했던 말이 떠올랐다.

'이 아저씨 때문에 귀신이 나타난 거 같은데. 귀신이 되어서 귀신을 잔뜩 데리고 다닐 상이야.'

어쩌면 그 무당은 돌팔이가 아니었을지도 모른다는 생각마저 들었다. 이 망망한 배회가 언제 끝날지 그에게 묻고 싶어졌지만, 그럴 수가 없었다. 망령은 더 이상 내일을 기약할 수 없기에.

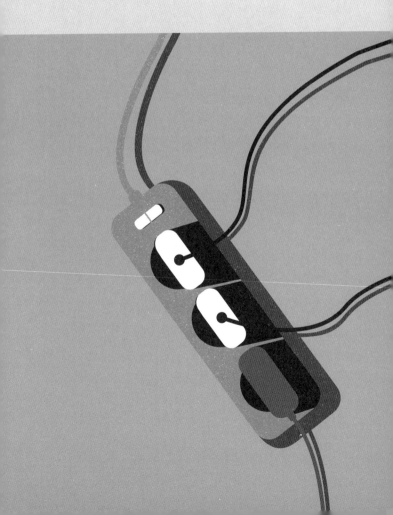

새로 다니게 된 회사는 이전 회사와 달리 전자화된 출근 시스템이 구축되어 있지 않았다. 언젠가 도입할 유연 출퇴근제를 위해서 아직 구축하지 않은 거라고 말했지만, 그 언젠가가 언제인지 아는 사람은 아무도 없었다. 아무튼 이런 특성 때문에 출퇴근 시간이 엄격하게 고정된 전 회사와 달리 출근할 땐 조금 늦게 출근해도 됐고, 퇴근할 땐 조금 이르게 퇴근해도 됐다. 들키지만 않는다면 말이다. 나와 같은 부서에서 근무하고 있던 시나리오 팀원은 그야말로 〈메탈 기어 솔리드〉 시리즈의 주인공 솔리드 스네이크 병장의 화신이라고 불러도 될 정도로 매일매일 몰래 지각하고 조퇴했다. 물론 매번 들키지 않을 수는 없었다.

"왜 보고도 없이 늦게 출근하셨나요?"

"저희가 만들 게임이 잠입 액션 게임이지 않습니까?"

"그래서요?"

"진정한 잠입 액션을 만들기 위해 제가 직접 잠입 액션을 시도해봤습니다."

"잠입 액션 게임에서 잠입에 실패하면 어떻게 되는지 아시죠?"

"모르겠는데요."

"시말서 써 오세요."

"네."

그 팀원은 내가 그만두기 전까지 총 182장의 시말서를 썼다. 그쯤 되니 팀원이 무서운 건지 이 회사가 무서운 건지 구분이 가지 않았다. 이 업계 자체가 구분 가지 않는 일이 많이 일어나는 것 같기도 했는데, 브라기가 등장하는 수집형 RPG 게임을 말없이 툭툭 두들기던 팀장은 고개를 끄덕이며 내 의견에 동조해줬다.

"원래 게임업계에서 게임 같은 일이 많이 일어나

고, 출판업계에서 소설 같은 일이 많이 일어나는 법이죠."

내가 전해준 다른 팀원의 시말서 이야기를 마저 듣고 팀장이 물었다.

"대호 씨는 잠입 액션을 시도하지 않았나요?"

"아시잖아요. 저 쫄보인 거."

"잘 알고 있긴 하죠. 그러니까 쫄보가 시도할 만한 잠입 액션을 시도하셔야죠."

"어떤 거요?"

"이를 테면 지금 회사 이야기로 소설을 쓴다거나?"

"팀장님은 저한테 보내주신 그 책으로 얼마나 벌었어요?"

나는 팀장을 의뭉스레 쳐다보며 물어봤고, 팀장은 대답하지 않은 채 남은 커피를 몽땅 들이켰다. 속이 타는 모양이었다. 얼버무리듯 알려주는 금액을 들으니 속이 탈 만도 했다. 1년 동안 쓴 글로 번 돈이 예전 연봉은커녕 한 달 월급이 될까 말까 했으니까.

"돈은 회사 다니면서 벌고, 글은 쓰고 싶은 걸 쓰는 게 정답인 거 같네요."

"대호 씨는 요즘 쓰고 있는 글이 쓰고 싶은 글인

가요?"

"그럼요."

내 말을 듣고 팀장은 고개를 절레절레 가로저으며 말했다.

"그럼 안 돼요."

"어째서죠?"

"우린 코지마 히데오가 아니니까요."

그사이 우리들의 영웅 코지마 히데오는 심각하게 망하지는 않았지만, 그렇다고 성공이라고 하기엔 뭣한 〈死川心中〉의 성적표를 들고 새로운 시도를 하려고 했다. 이번에도 자신이 만들고 싶은 게임을 만드는 모양이었다. 듣기로는 대기가 거의 없는 외행성에서 탐사용 차량을 타고 고독하고 조용하며 한편으론 가볍기 그지없는 레이싱을 즐길 수 있는 어드벤처 액션 게임이라고 했다. 그 게임이 잘 될지 안 될지는 미지수였다. 아마코지마 히데오 본인도 모를 것이다. 그가 아는 것이라곤 그가 그 게임을 만들고 싶다는 사실뿐일 테니까.

"그런데 팀장님은 그 게임 회사 소설 쓰고 싶어서 쓴 거 아니었나요?"

"아닌데요."

"그러면 어째서 그런 망령스러운 소설을 쓰시게 된 거죠?"

"쓸 수 있는 게 그것뿐이었으니까요. 그건 아마 대호 씨도 마찬가지겠죠."

그 말을 들으니 정말로 망령이라도 되고 싶은 기분이 들었고 내일 또 출근을 해야 한다는 사실이 잇따라 떠올라 더더욱 망령이 되고 싶어졌다. 앞서 말했듯, 망령은 더 이상 내일을 기약할 수 없으니까.

작가의 말

우선 들어가기에 앞서, 이 글에 진실함을 더하기 위해 소설 속에 등장한 작품 중 실존하지 않는 가상의 작품들이 무엇인지 밝히도록 하겠다. 추후 나무위키에 검색할 때 참고하길 부탁한다.

1. 〈바이오하자드 RE:RE:4〉 - 2023년에 〈바이오하자드 RE:4〉가 출시되긴 했는데, 아마 20년 후쯤에는 정말 나올지도 모른다.
2. 〈Project G〉 - 작품 속 주인공이 만들었다가 처참히 망한 호러 게임이다.

3. 〈CAPCOM vs HIDEO〉 - 코지마 히데오와 게임 회
사 캡콤의 갈등을 다룬 가상의 르포.

4. 〈死川心中〉 - 코지마 히데오가 만든 호러 게임으로,
배경이 한국이다.

이외의 소설에 등장하는 것들은 전부 실존하는
것들이다.

회사를 다니면서 장편소설을 쓸 수 있다고 생각
했던 말랑한 시기가 있었다. 안타깝게도 그런 생각은 세
달도 지나지 않아 산산이 부서지고 말았다. 이 소설은
그런 생각의 파편들이다. 아무래도 나는 탁월한 소설가
는 아닌 것 같다.

탁월하지 못한 건 소설뿐만이 아니다. 공교롭게
도 이 글을 쓰는 지금 연봉 협상—이라 쓰고 통보라 읽
는다—이 진행되고 있는데, 썩 좋은 인상률을 받을 것
같진 않다. 다른 사우들만큼 야근을 많이 하지 않았고
기획서도 별로 안 썼으니까. 물론 대사와 캐릭터 설정서
는 내가 제일 많이 썼다. 솔직히 말하자면, 조그만 몬스
터가 울부짖는 대사—케아악! 저놈 죽여라!—를 썼을

때가 제일 행복했던 것 같다. 그래선지 모르겠지만 종종 나는 꿔다 놓은 보릿자루가 된 것 같은 기분이 든다. 여긴 내가 없어도 잘 굴러가고, 돈도 잘 벌겠지. 출근하고 사무실에 앉아서 테이크아웃한 콜드 브루를 한 모금 들이켜고 있노라면 언제나 이 생각이 제일 먼저 든다.

때려치우자.

하지만 언제나 생각에서 그친다. 돈은 벌어야 될 것 아닌가. 그래서 나는 작가의 말을 이렇게 마무리할까 한다.

구직 중입니다. 시나리오 라이터가 급히 필요한 개발실이 있다면 언제든지 kqmann@gmail.com으로 연락 주세요. 저의 일천한 경력은 다음과 같습니다.

[경력 기술서(게임업계)]

1. N사 L프로젝트 스토리텔링 팀 11개월(계약직)

 - 대사 및 설정 작성

 - 외주 작가 시나리오 작업본 요약 및 교정 교열

2. W사 L프로젝트 컨텐츠기획 팀 15개월(정규직)

 - 대사 및 설정 작성

- 메인 캐릭터, 서브 캐릭터의 설정 작성

- 메인 퀘스트 제작(시놉시스, 필드 레벨링, 데이터 작업 포함)

최종 연봉 – 4XXX

희망 연봉 – 내규에 따름

김쿠만

네온사인 06

신들린 게임과 개발자들
© 김쿠만, 2024

초판 1쇄 인쇄일 2024년 1월 16일
초판 1쇄 발행일 2024년 1월 30일

지은이 • 김쿠만

펴낸이 • 정은영
편집 • 최웅기 박진혜 이태은
디자인 • 연태경
마케팅 • 이언영 연병선 한정우 윤선애
　　　　이유빈 최문실 최혜린
제작 • 홍동근
펴낸곳 • 네오북스
출판등록 • 2013년 4월 19일
제2013-000123호
주소 • 서울시 마포구 양화로6길 49
전화 • 편집부 (02)324-2347
경영지원부 (02)325-6047
팩스 • 편집부 (02)324-2348
경영지원부 (02)2648-1311
이메일 • neofiction@jamobook.com

ISBN 979-11-5740-395-0 (03810)